村上春樹

空想読解
なるほど、

小山鉄郎

共同通信社

村上春樹出版年譜

※翻訳書、一部の対談集、エッセイ集、絵本などは除外しています。

1979
『風の歌を聴け』（長編）＊1

1980
『1973年のピンボール』（長編）＊2

1982
『羊をめぐる冒険』（長編）＊3

1983
『カンガルー日和』（短編集）＊4
『中国行きのスロウ・ボート』（短編集）
『象工場のハッピーエンド』（エッセイ　絵・安西水丸）

1984
『螢・納屋を焼く・その他の短編』（短編集）
『村上朝日堂』（エッセイ　絵・安西水丸）

1985
『世界の終りとハードボイルド・ワンダーランド』（長編）＊5
『回転木馬のデッド・ヒート』（短編集）
『羊男のクリスマス』（絵本　絵・佐々木マキ）

＊1

『風の歌を聴け』

＊2

『1973年のピンボール』

＊3

『羊をめぐる冒険』

＊4

『カンガルー日和』

＊5

『世界の終りとハードボイルド・ワンダーランド』
今は珍しい初版本。箱も布貼りの本体も、スピン（しおり）までみんなピンク。［第8章］

1986　『**パン屋再襲撃**』（短編集）、『**村上朝日堂の逆襲**』、
『**ランゲルハンス島の午後**』（共にエッセイ集　絵・安西水丸）

1987　『**ノルウェイの森**』（長編）＊6

1988　『**ダンス・ダンス・ダンス**』（長編）＊7

1989　『**村上朝日堂　はいほー！**』（エッセイ集）

1990　『**TVピープル**』（短編集）、『**遠い太鼓**』、
『**雨天炎天**』（共にエッセイ集）

1992　『**国境の南、太陽の西**』（長編）＊8

1994　『**ねじまき鳥クロニクル　第1部・第2部**』（長編）＊9
『**やがて悲しき外国語**』（エッセイ集）

1995　『**ねじまき鳥クロニクル　第3部**』（長編）＊9
『**村上朝日堂超短編小説　夜のくもざる**』（絵・安西水丸）

＊7

『ダンス・ダンス・ダンス』

＊6

『ノルウェイの森』

「赤」と「緑」の有名な装丁。タイトルと著者名の色が反転して印刷されている。[第9章]

＊8

『国境の南、太陽の西』

「青」から「白」へグラデーションとなったカバーを外すと、「青」一色の本体が現れる。[第11章]

1996

『レキシントンの幽霊』（短編集）＊10

『うずまき猫のみつけかた』（エッセイ集）

『村上春樹、河合隼雄に会いにいく』（対談集　共著・河合隼雄）

1997

『アンダーグラウンド』（ノンフィクション）

『村上朝日堂はいかにして鍛えられたか』（エッセイ集　絵・安西水丸）

『若い読者のための短編小説案内』（エッセイ集）

『ポートレイト・イン・ジャズ』（エッセイ集　共著・和田誠）

1998

『約束された場所で　underground2』（ノンフィクション）

『辺境・近境』（エッセイ集）＊11

1999

『スプートニクの恋人』（長編）＊12

『もし僕らのことばがウイスキーであったなら』（エッセイ集）

2000

『神の子どもたちはみな踊る』（短編集）＊13

2001

『村上ラヂオ』（エッセイ集　絵・大橋歩）

『ポートレイト・イン・ジャズ2』（エッセイ集　共著・和田誠）、『シドニー！』（エッセイ集）

2002

『海辺のカフカ』（長編）＊14

＊10

『レキシントンの幽霊』

＊11

『辺境・近境』

＊12

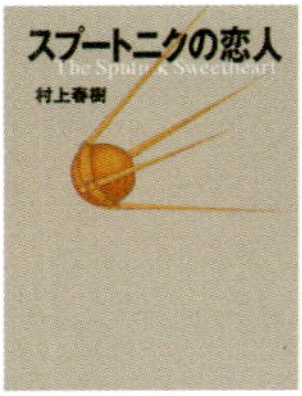

『スプートニクの恋人』

＊9

『ねじまき鳥クロニクル』

手前の文庫は、左が1997年に刊行された旧版、右が2010年に刊行された新版。［第10章］

2004 『アフターダーク』（長編）＊15

2005 『象の消滅　短編選集　1980〜1991』（短編集）

『東京奇譚集』（短編集）

『ふしぎな図書館』（絵本　絵・佐々木マキ）

『意味がなければスイングはない』（エッセイ集）

2007 『走ることについて語るときに僕の語ること』（エッセイ集）

『村上ソングズ』（エッセイ集　共著・和田誠）

2009 『1Q84　BOOK1・BOOK2』（長編）＊16

『めくらやなぎと眠る女』（自選短編集）

2010 『1Q84　BOOK3』（長編）＊16

『夢を見るために毎朝僕は目覚めるのです』（インタビュー集）＊17

2011 『おおきなかぶ、むずかしいアボカド　村上ラヂオ2』

（絵・大橋歩）＊18

『村上春樹雑文集』（エッセイ集　共著・和田誠）

『小澤征爾さんと、音楽について話をする』

（対談集　共著・小澤征爾）

2012 『サラダ好きのライオン　村上ラヂオ3』（エッセイ集　絵・大橋歩）

＊13

『神の子どもたちはみな踊る』

＊14

『海辺のカフカ』

＊15

『アフターダーク』

＊16

『1Q84』

＊17

『夢を見るために
毎朝僕は目覚めるのです』

＊18

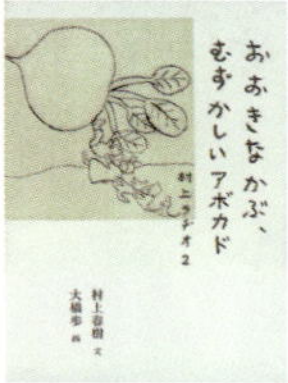

『おおきなかぶ、むずかしい
アボカド　村上ラヂオ2』

空想読解　なるほど、村上春樹　目次

装画　山﨑杉夫
装丁　田中久子

惑星直列——まえがきにかえて

「人は旭川で恋なんてするものなのかしら?」。旭川は「作りそこねた落とし穴みたいなところ」。村上春樹作品には、こうした謎のような言葉がよく出てきます。そのまま読み飛ばせばいいのでしょうが、妙に気になって忘れられません。これらは『ノルウェイの森』の中の言葉ですが、「旭川の人たち、ちょっと傷ついているのではないかなあ……」などと、心配にもなってしまいます。

「こうなるともう惑星直列みたいなもんだ」。『1Q84』では、主人公の一人、天吾が初めて登場する場面で、そんな言葉にも出合いました。これまた「惑星直列」とは何かと考え始めると、その意味がすぐにはわからないのです。

でも村上春樹の作品を繰り返し読んでいると、作中のほかの場面や別の作品のディテールが、まさに「惑星直列」のように静かに並び始める瞬間があります。暗い夜空に微《かす》かな光で瞬く星々が、気がつくと真っすぐに並び、やがて鮮やかな光の束となって、差し込んでくるのです。

本書は、私に訪れたそんな「惑星直列」の読書体験の数々を記したものです。そこから「人は旭川で恋なんてするものなのかしら?」の意味、旭川はなぜ「作りそこねた落とし穴みたいなところ」なのか、そのほか、幾つかのキーワードについて考えてみました。もちろん『1Q84』内の「惑星直列」とは何かについても記しています。

私が村上春樹を初めてインタビューしたのは『世界の終りとハードボイルド・ワンダーランド』の刊行時でした。最初に取材した作品なので、印象深い場面が幾つもあるのですが、その一つにこんなことがあります。

同作の「世界の終り」のほうの物語の主人公である「僕」は、高い壁に囲われた街の図書館で「夢読み」の仕事をしています。古い一角獣の頭骨の中にある古い夢を読む仕事で、「僕」のそばには夢読みを手伝う図書館司書の女性が一人いるだけです。「僕」はたくさんの頭骨から夢を読むのですが、それらの夢は断片のようで、最初は「明けがたの空に浮かぶ遠い星のように白くかすんで」いて「その断片をどれだけつなぎあわせてみても、全体像を把握すること」ができません。

でも物語の終盤、光がどこかからやってきて、「僕」の隣にいる司書の頬をほのかに優しく照らします。彼女は涙を流しているのですが、光がその涙を輝かせるのです。それは覚醒した頭骨が放つ光でした。「その光は春の陽光のようにやわらかく、月の光のように静かだった」「頭骨の列はまるで光を細かく割ってちりばめた朝の海のように、そこに音もなく輝いていた」と村上春樹は書いています。

私の読書体験は、この一角獣の頭骨の古い夢を読むようなものかもしれません。最初に読んだ時には、その関係に気がつかないほど、一つ一つはみな小さくて細かいディテールですが、それらが次第に並び始め、いっせいに光を発するのです。

これはまさに読書における愉悦の瞬間です。その悦びを村上春樹の作品を読んだ人たち、これから読む人たちと共有できたらと思い、この本を書きました。

これまであまり言われていない「惑星直列」ぶりについてもたくさん指摘しましたが、独断ではいけませんので、具体例を挙げながら、わかりやすく記したつもりです。

年来、私は村上作品の装丁や作中に現れる色の問題に興味を持ってきましたが、本書では同じ色が出てくる場面を並べ、それらを貫く意味を考えたりもしています。そうすることで、村上作品における重要な問題が浮かび上がってくると思ったからです。

書店に行くと、世界的なベストセラー作家らしく、村上春樹の既刊の文庫までが平積みになっている光景に出合います。でも平積みではわからないこともあるのです。平積みではなく、文庫の棚差しコーナーに行ってみてください。新潮文庫の背の色を見ると、村上春樹のそれは「青」で統一されていることがわかります。新潮文庫では二冊目以降、著者が好きな背の色を選ぶことができるのです。きっと村上春樹は自分の好きな「青」を選んだのでしょう。

その「青」とは何か。そしてその延長線上に、彼の作品が、近代以降の日本文学とどのような関係を持っているのかという点についても考えてみました。

村上春樹を繰り返し取材していて、いつも伝わってくるのは、この作家の近代日本の問題へのこだわりの深さです。彼の物語の主人公たちは近代以降、現代の日本社会をどのように考えているのか。それが、私のずっと考えていたことでした。

本書は決して難しい本ではありません。記者が書くものですから、何よりもわかりやすく、かつ具体的に書くことを心掛けました。もちろん小説の読み方に、これが正解というものはありません。私の書いたこの本も「こんなふうにも読める、村上春樹」というアプローチの一つです。そして、読み終わった人に、村上春樹という作家の心のかたちが少しでも伝わればと思っています。ぜひ楽しみながら読んでください。村上春樹文学へのわかりやすくて、楽しいガイドとなることを何より願っています。

第1章

効率社会と闘うブーメラン的思考

カタルーニャ国際賞受賞スピーチから

闘わなくてはならない「効率社会」

東日本大震災と東京電力福島第一原子力発電所の事故に触れて語った、村上春樹のカタルーニャ国際賞授賞式での受賞スピーチが話題となりました。

「カタルーニャ」はジョージ・オーウェルの『カタロニア讃歌』の舞台です。一九三六年からのスペイン内戦の際、報道記事を書くつもりでバルセロナにやってきたオーウェルは、同年暮れに共和政府側の義勇軍に参加して戦います。この従軍体験記が『カタロニア讃歌』です。スペイン人たちの夢と情熱への讃歌ですが、一方で共和政府内部の権力争いや、時がたつにつれて労働者の手から権力が奪われていくさまが、明晰な視線で描かれています。そこでの体験が全体主義的な社会への批判の書である近未来小説『1984年』（一九四九年）の執筆に繋がっていきました。

この『1984年』を意識して、村上春樹が書いた長編が『1Q84』（二〇〇九年、一〇年）です。オーウェルの『1984年』にはスターリニズムを寓話化した独裁者「ビッグ・

ブラザー」が登場しますが、村上春樹の『1Q84』のほうには「リトル・ピープル」なるものが登場します。

その「カタルーニャ」でのスピーチです。村上春樹はオーウェルのことなどに触れて語ってはいませんが、頭の中には『カタロニア讃歌』の舞台の地でのスピーチであること、自作の『1Q84』にも繋がる地でのスピーチであることは、もちろん意識されていただろうと、思います。

村上春樹は、今回の原発事故に触れて、歴史上唯一、核爆弾を投下された経験を持つ日本人にとって、福島第一原発事故は二度目の大きな核の被害であることを述べ、我々は核に対する「ノー」を叫び続けるべきだったと訴えたのです。

原爆の惨禍を体験した日本社会から「核」への拒否感がどんな理由で消えてしまったのか。村上春樹は『効率』です」と語っています。

「効率」という言葉は、このスピーチで五回も使われていますが、これを読みながら、村上春樹の一貫した姿勢というものを感じました。

村上春樹にとって、明治以降の日本の問題点は「一つの視点から、効率を求めて人を整列させるシステムとして、近代というものがある」ことだと、私は考えています。

例えば、近代以降の日本の学校、軍隊、病院、監獄などは、みな一点からすべてが見通せるようになっています。それらは日本が近代となって、効率を求め、一つの視点から、人を整列させるシステムとして出来たものです。

こうした効率社会と闘ってきたのが、村上春樹の文学です。その例を一つだけ挙げてみましょう。

『1Q84』と同じ時代、つまり一九八四年（正確には八四年〜八五年）の日本を舞台にして書かれた長編『ねじまき鳥クロニクル』（一九九四年、九五年）に、綿谷ノボルという人物が出てきます。この綿谷ノボルは主人公「僕」の妻の兄ですが、日本を戦争に導いたような精神の持ち主として描かれています。『ねじまき鳥クロニクル』という作品は、「僕」が、この綿谷ノボルと対決し、彼を叩きつぶして、綿谷ノボル側に連れ去られた妻を自分の側に取り戻す物語です。

そして「僕」が最初にこの綿谷ノボルと会った際、彼はこう言うのです。

「私にとってはこれがいちばん重要なことなのだが、私の個人的な時間をこれ以上奪わないでほしい」

これは、「効率が一番重要」ということです。ですから「僕」は、綿谷ノボルに対して「余計な部分もなければ、足りない部分も」ない人物、「効率」しか考えていない人物だと思うのです。

そんな綿谷ノボルを「それは全力で闘い叩きつぶさなくちゃいけないもの」だと村上春樹は語っています（「メイキング・オブ・『ねじまき鳥クロニクル』」＝「新潮」一九九五年十一月号）。つまり、綿谷ノボルに象徴されるような効率を追求し、一つの視点から、人を整列させるシステムをつくってきた近代日本が行きついたところが戦争であり、その効率社会と闘い続けてきたのが、村上作品なのだと、私は考えています。

「私たちは技術力を総動員し、叡智を結集し、社会資本をつぎ込み、原子力発電に代わる有効なエネルギー開発を、国家レベルで追求するべきだったのです」と、村上春樹は語りました。

その言葉に接して、『世界の終りとハードボイルド・ワンダーランド』のことを思い出しました。この作品は「世界の終り」の話と「ハードボイルド・ワンダーランド」の話が交互に進んでいく物語ですが、「世界の終り」のほうに「発電所」という章があります。

主人公の「僕」が仲良くなった図書館の司書の女性と二人で、ある日、森の中にある「発電所」を訪ねる場面です。

ガラス窓の向うでは（……）巨大な扇風機のようなものが激しい勢いで回転していた。それはまるで何千馬力というモーターが軸を回転させているかのようだった。おそらくどこかから吹きこんでくる風圧でファンを回転させ、その力を利用して電気を起しているのだろうと僕は想像した。

建物の中にいた若い管理人の男に「風ですね」と「僕」が言うと、「そうだ」というふうに男が肯《うなず》きます。さらに男は「この街の電力は風の力でまかなわれています」と語るのです。『世界の終りとハードボイルド・ワンダーランド』は一九八五年の刊行ですが、この時点で既に風力発電のことを村上春樹は考え、書いていたのです。

二〇〇二年刊行の『海辺のカフカ』にも十五歳の少年「僕」が、高知の森の中の小屋に行く場面がありますが、その森にある発電所も、小さな風力発電所です。何しろデビュー作のタイトルが『風の歌を聴け』（一九七九年）ですから、風力発電への関心も当初からあったことなのかもしれません。

ですから、エネルギー問題のこと、原発事故に関することも、突然の発言というわけではなくて、村上春樹の一貫した考えの表明だったのだと思います。

あらゆる問題を自分のものとして捉え直す

大震災と原発事故に触れて語った、このスピーチには、もう一つ、非常に村上春樹らしい思考方法が表れています。

村上春樹は、このカタルーニャ国際賞の受賞スピーチの中で広島の原爆死没者慰霊碑に刻まれた「安らかに眠って下さい　過ちは繰返しませぬから」という言葉を紹介しながら、この言葉の中には「我々は被害者であると同時に、加害者でもある」という意味が込められていると述べました。

「被害者であると同時に、加害者でもある」というのは、実に村上春樹らしい考え方です。あらゆる問題を、相手に対する問題として捉えるだけでなく、自分の問題として捉え直して、常に二重に考えを進めていくのです。

この思考方法を、私は「村上春樹のブーメラン的思考」と呼んでいます。

少し気をつけて、村上春樹の書いたものを読んでみれば、この思考は随所に示されています。

カタルーニャ国際賞の受賞スピーチの中から、これはそうだなと思える言葉を幾つか紹介してみましょう。

村上春樹は東日本大震災での福島第一原発事故について、「原子力発電所の安全対策を厳しく管理するはずの政府も、原子力政策を推し進めるために、その安全基準のレベルを下げていた節が」あることをまず指摘したうえで、「しかしそれと同時に私たちは、そのような歪んだ構造の存在をこれまで許してきた、あるいは黙認してきた我々自身をも、糾弾しなくてはならないはずです」、そう続けているのです。私たちは「我々自身をも、糾弾しなくてはならない」。

これが村上春樹のブーメラン的思考です。

村上春樹は、今回の原発事故は「日本が長年にわたって誇ってきた『技術力』神話の崩壊」であると同時に、「私たち日本人の倫理と規範の敗北」でもあったと述べました。さらに、「我々日本人自身がそのお膳立てをし、自らの手で過ちを犯し、自らの国土を汚し、自らの生活を破壊しているのです」とまで、語っています。

つまり相手を糾弾するとともに、その問題を自分の問題として常に考えるのです。原爆についても被害者であると同時に、その力を引き出したという点、力の行使を防げなかったという点では加害者なのだと考えるのです。

「ワタナベ・ノボル」、「ワタナベ・トオル」、「ワタヤ・ノボル」

ブーメラン的思考は、村上春樹の小説の中でも一貫して書かれています。例えば『ノルウェイの森』（一九八七年）の冒頭は、三十七歳になった「僕」が乗ったボーイング747がハンブルク空港に着陸する場面から始まっています。その時、飛行機の天井のスピーカーからビートルズの「ノルウェイの森」が聞こえてきます。

その曲をきっかけに、「僕」は、十八年前、直子という女性と歩いた草原の風景を思い出すのです。直子が「ノルウェイの森」を好きだったからです。

僕は(……)十八年後もその風景を細部まで覚えているかもしれないとは考えつきもしなかった。正直なところ、そのときの僕には風景なんてどうでもいいようなものだったのだ。僕は僕自身のことを考え、そのときとなりを並んで歩いていた一人の美しい女のことを考え、僕と彼女とのことを考え、そしてまた僕自身のことを考えた。それは何を見ても何を感じても何を考えても、結局すべてはブーメランのように自分自身の手もとに戻ってくるという年代だったのだ。

「何を見ても何を感じても何を考えても、結局すべてはブーメランのように自分自身の手もとに戻ってくる」ということは、どんな問題もブーメランのようにぐるっと一周して、自分の問題として返ってくるということです。

この言葉は『ノルウェイの森』の冒頭部分に記されたものですから、『ノルウェイの森』の中で書かれたことは、すべてが自分の問題として、問われているのです。

最初に紹介した『ねじまき鳥クロニクル』の中で、「僕」は綿谷ノボルと対決し、彼をバットで叩きつぶします。

いくら悪い奴でも、自分の妻の兄ですから、何もバットで叩きつぶさなくてもいいのではないか。そんなふうに考える読者もいます。

でもここにも、私は村上春樹のブーメラン的思考を受け取るのです。

村上春樹の本のイラストも多く描いているイラストレーターの安西水丸さんの本名は渡辺昇という名前なのですが、短編「ファミリー・アフェア」では「渡辺昇」という名の人物が出てきます。そして『ねじまき鳥クロニクル』の出発点となった短編「ねじまき鳥と火曜日の女たち」では、その「ワタナベ・ノボル」という名前が妻の兄の名前として、またその兄の名から命名された猫の名前として使われています。

さらに『ノルウェイの森』の「僕」は「ワタナベ・トオル」という名前です。

「ワタナベ・ノボル」「ワタナベ・トオル」と『ねじまき鳥クロニクル』の「ワタヤ・ノボル」（綿谷ノボル）は非常によく似た名前です。また「ワタヤ・ノボル」は『ねじまき鳥クロニクル』で、やはり猫の名前としても使われています。

さて、この「ワタナベ・ノボル」「ワタナベ・トオル」「ワタヤ・ノボル」は違う作品に登場する人物ですので、もちろん異なる三人として考えていいと思います。でもここに「何を見ても何を感じても何を考えても、結局すべてはブーメランのように自分自身の手もとに戻ってくる」という考え方を置いてみると、これらの人物を通して、一人の人間のいろいろな側面が描かれていると考えることも可能だと思います。

仮に『ノルウェイの森』の「僕」（ワタナベ・トオル）や『ねじまき鳥クロニクル』の「綿谷ノボル」（ワタヤ・ノボル）を同じ人間のいろいろな側面として考えてみると、『ねじまき鳥クロニクル』の「僕」が綿谷ノボルと対決して、彼をバットで叩きつぶすということは、「僕」が自分の中にある「日本を戦争に導いたような精神」の部分を自らの手で徹底的に叩きつぶすということだと思います。自分の中にある「効率」を求めて生きるような部分を徹底的に叩きつぶすのです。

そうやって、問題を常に自分の問題として捉え直して、日本社会を再び構築し直そうとしているのが、村上春樹の小説ですし、村上春樹のブーメラン的思考です。

「そのような歪んだ構造の存在をこれまで許してきた、あるいは黙認してきた我々自身をも、糾弾しなくてはならない」というカタルーニャ国際賞の受賞スピーチの言葉は、そうした形で作品と対応しているのです。

村上春樹は、相手を糾弾するだけではなく、自分の問題として考えることを通して、我々の倫理や規範を新しくつくり直していこうと語りました。

「損なわれた倫理や規範の再生を試みるとき、それは私たち全員の仕事になります」「土地を耕し、種を蒔くように、みんなで力を合わせてその作業を進めなくてはなりません」

ここに村上春樹のブーメラン的思考の行く手が表明されています。今回の東日本大震災と福島第一原発の事故を一人ひとりが自分の問題として受け止めて、素朴に黙々と、忍耐強く向き合いながら「我々は新しい倫理や規範」を再構築するのです。

それが、村上春樹のブーメラン的思考なのです。きっとこの言葉の先に、新しい物語が生まれてゆくのでしょう。

第2章

いろんな野菜の心があり、いろんな野菜の事情がある

『おおきなかぶ、むずかしいアボカド　村上ラヂオ２』

野菜へのまなざし

今日の昼ご飯はざるそばぐらいでいいな、と思うことがありますよね。それほど空腹は感じないけど、何かちょっとお腹にいれておきたいというような場合。ところが外国に住んでいると、これができない。(……)

そういうときに僕はよくシーザーズ・サラダを注文します。

久しぶりの村上春樹のエッセイ集『おおきなかぶ、むずかしいアボカド　村上ラヂオ2』(二〇一一年)の中に「シーザーズ・サラダ」というエッセイがあって、こう書いてありました。「新鮮なロメインレタス」に「具はクルトンと卵黄とパルメザン・チーズだけ。味付けは上質のオリーブオイル、すりおろしたガーリック、塩、胡椒《こしょう》、搾《しぼ》ったレモン、ウースター・ソース、ワイン・ビネガー」というシーザーズ・サラダの正統レシピも紹介されていますので、私も一度チャレンジしてみたいと思います。

特にレタスは「ぴちぴちした新鮮なロメインレタス」でなくてはだめで、「普通のヘッドレタス」は論外だそうです。「サニーレタスなんか使われた日にはたまったものじゃない」とも注記されています。

「あまり肉を食べない人間なので、野菜がどうしても食事の中心になる」という言葉も別のエッセイにありますが、野菜や果物への村上春樹の愛着がよく伝わってくる本です。何しろ本の名が『おおきなかぶ、むずかしいアボカド　村上ラヂオ2』。野菜と果物を合わせたタイトルですからね。

私は村上春樹の小説を愛する者ですが、村上春樹のエッセイも非常に楽しみに読んできました。ユーモアの中にちょっとシリアスなこと、怒り、そして人間生活の機微が記されていて、笑っているうちに、ふと何かについて考えている自分に気づいたりもするからです。しかし近年の村上春樹は小説の執筆に集中していたためでしょうか、エッセイ集の刊行が少なく、残念な気持ちでおりました。

ですから、この久しぶりのエッセイ集をとても楽しく読みました。

タイトルのうち「村上ラヂオ2」のほうは、二〇〇一年に同じ村上春樹・文、大橋歩・画のコンビで雑誌「アンアン」に連載された『村上ラヂオ』のカムバック版ということです。ならば、本のタイトルは『村上ラヂオ2』だけでもよかったはずですが、それではあまりに素っ気ないと思ったのでしょうか、「おおきなかぶ、むずかしいアボカド」がメインタイトルとして付けられました。

さて、ここで、その「おおきなかぶ、むずかしいアボカド」というタイトルはいったい何を示しているのかということを少し考えてみたいと思います。もちろん、エッセイを楽しく味わいながらですが。

このタイトルは「おおきなかぶ」と「アボカドはむずかしい」という二つのエッセイを合わせたものです。「おおきなかぶ」は有名なロシア民話「おおきなかぶ」についてのエッセイ。「アボカドはむずかしい」のほうは「世界でいちばんむずかしいのは、アボカドの熟《う》れ頃を言い当てることではないか」と考える著者のアボカドをめぐるエッセイです。

読んでいただければわかりますが、ほんとうに野菜や果物の登場回数が多い本です。何しろ巻頭のエッセイが「野菜の気持ち」というタイトルです。どうしてもパイナップルの絵だけは描かなかった画家ジョージア・オキーフについての「オキーフのパイナップル」というエッセイもあれば、決闘の間、サクランボを食べ続けるプーシキンの短編小説をめぐる「決闘とサクランボ」もあります。

個人的には「うなぎ屋の猫」というエッセイが楽しかったです。青山の有名なスーパー「紀ノ国屋」で思案しつつ野菜を買っていた二十代の村上春樹のところへ、年配の店員がやってきて、新鮮なレタスの選び方を熱情を込めてレクチャーするのです。その人はもしかすると「紀ノ国屋」の社長さんなんですが、そこで村上春樹は「レタスの選び方を覚えた」と書いています。

紹介したように「シーザーズ・サラダ」にはロメインレタスやヘッドレタス、サニーレタスのことが出てきますが、この「レタス」という野菜に対する村上春樹の思い入れもなかなかのものです。

私が「うなぎ屋の猫」を楽しく読んだのは、村上春樹の長編『ダンス・ダンス・ダンス』（一九八八年）に出てくる「レタス」のことを思い出したからです。『ダンス・ダンス・ダンス』の「僕」はスーパー紀ノ国屋が好きで、しばしばレタスを買いに行きます。理由は「ここの店のレタスがいちばん長持ちする」からです。「閉店後にレタスを集めて特殊な訓練をしているのかもしれない」と「僕」は思ったりもします。

村上春樹は同作で、このレタスのことを「調教済みのレタス」と呼んでいますが、同作の刊行後、「調教済みのレタス」を買うためにわざわざ紀ノ国屋まで行った村上春樹ファンもいました。そんなことを思い出したのです。

「うなぎ屋の猫」には「新鮮なレタスの選び方」が具体的に書かれていないのがちょっと残念ですが、このエッセイを読みながら「へー、あれは紀ノ国屋の社長（かもしれない人）に学んだのか」と思いました。

単一的な視点への嫌悪

さてさて、なぜ「おおきなかぶ」と「むずかしいアボカド」がタイトルに付けられたのか。そのことを考えるのに、適した印象的なエッセイがあるので、それを紹介しながらタイトルの意味を探ってみたいと思います。

それは「体型について」というエッセイです。これは野菜・果物に関するエッセイではなくて、村上春樹がときどき参加する千葉県でのフルマラソンの話です。このレースに参加すると、近くにあるホテルの大浴場の割引入場券がもらえます。四十二キロを走り終えて汗が乾いて白く塩になっているし、「これはいいや」と思って、村上春樹も一度、その浴場に足を運んでみたそうです。

浴場に入り、しばらくしてふと気がつくと、周囲の人が全員ほとんど同じ体つきをしています。みんなだいたい痩せて、日焼けして、髪が短く、引き締まった二本の脚を持っている……。そこにいる全員がレースを走り終えたランナーだったのです。そこで村上春樹は「どうも視覚的に落ち着かない」気分になって、早々に風呂を引きあげてしまうのです。

村上春樹は『走ることについて語るときに僕の語ること』（二〇〇七年）という本があるほどのマラソン好きです。でも、まわりが同じマラソンランナーばかりだったら「どうも視覚的に落ち着かない」気分になり、居心地が悪くなってしまう人間なのです。

エッセイの最後には、こんな言葉が置かれています。

そういう風に考えると、いろんな体型の、いろんな顔つきの、いろんな考え方をする人たちが適当に混じり合い、適当にゆるく生きている世界というのが、僕らの精神にとっていちばん望ましいのかなと思う。

ここに記されているのは単一的なもの、すべてが同じものにそろっていることへの嫌悪です。別に一緒に走ったランナーが嫌いというわけではないでしょう。そういうことではなくて、たった一つのタイプの人間しかいない、規格外のものは排除されてしまうような世界というものへの嫌悪や拒否、居心地の悪さを書いているのです。

なぜなら村上春樹にとって、日本の近代社会とは、効率を求めて、一つの価値観、一つの視点から人間を整列させるような社会であり、その一つの価値観に合わない人間は排除されてしまうような社会なのです。

そんな社会に一貫して抗するように書かれてきたのが村上春樹作品です。これは、前章で紹介したカタルーニャ国際賞の受賞スピーチでも述べられていました。同様のことが、自分の好きなマラソンのランナーたちと一緒に風呂に入っていながらも考えられている点が、実に村上春樹らしいと思います。

さてそこで巻頭エッセイ「野菜の気持ち」を読むと、こんなことが書いてあります。『世界最速のインディアン』という映画の中でアンソニー・ホプキンズ演じる老人が隣家の男の子に向かって「夢を追わない人生なんて野菜と同じだ」と言うのだそうです。それに対して、男の子が「でも野菜って、どんな野菜だよ?」と突っ込みを入れます。すると老人が「ええと、どんな野菜かなあ。そうだなあ、うーん、まあキャベツみたいなもんかなあ」と答えるのです。こんな老人と少年のやりとりを紹介しながら、村上春樹は自分のキャベツ好きとロールキャベツへのつらい記憶を語っています。そして、こう続けます。

「夢を追わない人生なんて野菜と同じだ」と誰かにきっぱり言われると、つい「そうかな」と思ってしまいそうになるけど、考えてみれば野菜にもいろんな種類の野菜があるし、そこにはいろんな野菜の心があり、いろんな野菜の事情がある。(……)何かをひとからげにして馬鹿にするのは良くないですね。

これは同じ体型ばかりの中にいると「どうも視覚的に落ち着かない」気分になってしまう感覚、価値観と同じですね。

風呂でマラソンランナーたちの中にいても、また野菜についても、村上春樹はこのように一つの視点、一つの価値観から一元的に見るという考え方を嫌っているのです。「おおきなかぶ」「むずかしいアボカド」という野菜と果物が並んだタイトルはきっと「野菜にもいろんな種類の野菜がある」「何かをひとからげにして馬鹿にするのは良くないですね」という考え方の反映でしょう。

さらに少し加えれば、村上春樹は二つの世界が交互に進んでいく小説をよく書きます。『世界の終りとハードボイルド・ワンダーランド』『ノルウェイの森』『海辺のカフカ』『1Q84』などがその例ですが、よく読むと、それ以外にも二つの世界が並行的に書かれているものはかなりあります。

これも一元的な価値観への抵抗が、そのまま物語の形になっていると考えてもいいと思います。村上作品の世界は、いろいろ異なったものの魂が心の深いところで呼応し、響き合うという形をしています。

この「おおきなかぶ」「むずかしいアボカド」と二つ並べたタイトルも、一つだけの視点に抗して、二つパラレルにある世界への愛着が表れたタイトルだと思います。

もう一つ、指摘しておきましょう。

「おおきなかぶ」にも「むずかしいアボカド」にも言葉の感覚として、一般的な価値観からは少し外れたような感じがあります。

効率を求めて、一つの価値観からすべてを判断して、そこから外れたものは排除されてしまう社会が村上春樹の考える近代日本社会ですが、そういう社会の価値観に抗する意味が「おおきなかぶ」と「むずかしいアボカド」に込められているのかもしれません。一般的な価値観からは少し外れたように見える「おおきなかぶ」や「むずかしいアボカド」を自分は大切にしたいという思いです。

この本の中に「医師なき国境団」というエッセイがあるのですが、これは「国境なき医師団」を逆転させたタイトルです。そこには、小林多喜二『蟹工船』が近年話題になったことについて書かれています。古典が見直されることは良いことですが、でも「虐《しいた》げられたものの視点で世界を眺めるのなら、いっそ蟹の視点から見た『蟹工船』を書いてみたらどうだろう」と村上春樹は考えています。

たとえ虐げられた世界を考えるにしても、つい人間は無意識のうちに人間中心的な思考に陥りがちです。人間中心の、一つの考えだけで社会を判断しがちです。「おおきなかぶ」「むずかしいアボカド」という野菜や果物の、やや規格外のものの視点から、世界を考えてみるのも大切ではないでしょうか。そんなことを思って、付けられたタイトルかもしれませんね。

第3章

消えてしまった海

1963年へのこだわり　その1

どうしても佐々木マキ

佐々木マキさんの自選マンガ集『うみべのまち』(二〇一一年)が刊行されました。佐々木マキさんは村上春樹の初期三部作『風の歌を聴け』、『1973年のピンボール』(一九八〇年)、『羊をめぐる冒険』(一九八二年)などの表紙の絵でも知られるマンガ家で、村上春樹が、その『うみべのまち』の帯に推薦の言葉を書いています。

それによると、一九六〇年代の後半、高校時代に神戸に住んでいた村上春樹は、新しいスタイルのコミックを興奮して読んでいて、中でも佐々木マキさんの作品に圧倒的な新鮮さを感じていたようです。ですから最初の小説『風の歌を聴け』の単行本化が決まると、「その表紙はどうしても佐々木マキさんの絵でなくてはならなかった」と書いています。

私も佐々木マキさんの新作が載るマンガ雑誌「ガロ」を楽しみにしていた一人ですし、『やっぱりおおかみ』『ピンクのぞうをしらないか』『ぶたのたね』などの絵本を笑いながら読んだものです。あまりに彼の作品が好きだったので、絵本担当の記者となった際、京都のご自宅までインタビューにうかがったこともありました。

佐々木マキさんの絵本に「やぎ」の魔術師、ムッシュ・ムニエルが活躍する『ムッシュ・ムニエルをごしょうかいします』という作品があって、その中に、少年とマッチ売りの少女が、倉庫が並ぶ波止場の岸壁でおしゃべりをしている場面があります。

二人はその後、弟子を探しているムッシュ・ムニエルによって小さな瓶の中に閉じ込められてしまうのですが、それを読むと、村上春樹のデビュー作『風の歌を聴け』の終盤の、ある場面を思い出します。主人公の「僕」が、左手の小指のない女の子と港の静かな倉庫街をゆっくりと並んで歩き、人気《ひとけ》のない突堤の倉庫の石段に腰を下ろして海を眺める場面です。『風の歌を聴け』の表紙に使われた絵には「8」「2」「6」の番号が書かれた倉庫が並んでいますが、きっとそれは『風の歌を聴け』の物語が終わるという「1970年」の「8月26日」のことを表しているのでしょう。

『ムッシュ・ムニエルをごしょうかいします』には「ニッチモはかせ」と「サッチモはかせ」という双子の「月」の研究家が出てきて、ムッシュ・ムニエルが魔術で空から落として手に入れた「月」を奪い、顕微鏡などを使って研究する場面もあります。その研究の間、空から消えてしまったほんものの「月」の代わりに、ムッシュ・ムニエルが魔術で空にたくさんの「月」を出すのです。いま数えてみると、十三個も「月」が空に浮かんでいて、町中の人が、驚いて空を見上げています……。

村上春樹の長編『1Q84』では、「1Q84」の側の空に「月」が二つ出ています。その「月」が、現実の「1984」年と「1Q84」年の世界を分けるシンボルのように記されていて、それを読んだ時にも、『ムッシュ・ムニエルをごしょうかいします』のことをちょっと思い出しました。

いやいや、前置きが長くなってしまいましたが、その佐々木マキさんが表紙を描き、本の中にもたくさんの絵が入った村上春樹の比較的初期の本に『カンガルー日和』（一九八三年）という作品集があります。この本には村上春樹にしては珍しく「あとがき」が付いていて、その最後に「マキさんには僕の長篇の表紙の絵をずっと描いていただいていたのだが、本文の方で一緒に仕事をしたいという念願がかなって、とても嬉しい」と記してあるのです。村上春樹が佐々木マキさんの作品をとても好きだったことがよくわかります。その「あとがき」は、こう書き出されています。

ここに集めた23編の短かい小説——のようなもの——は81年4月から83年3月にわたって、僕がある小さな雑誌のために書きつづけたものである。

村上春樹自身「短かい小説――のようなもの」と記していますし、作品集としては、やや軽いものと受け取られているかもしれませんが、村上春樹という作家を考えていく時に、この『カンガルー日和』は、かなり重要な位置を占めているのではないかと、私は思っています。

その証拠というわけではありませんが、米国で最初に刊行された村上春樹の短編選集『象の消滅』(日本版・二〇〇五年)には「4月のある晴れた朝に100パーセントの女の子に出会うことについて」と「窓」(「バート・バカラックはお好き?」を改題)の二編が入っていますし、米国刊行二冊目の自選短編集『めくらやなぎと眠る女』(日本版・二〇〇八年)では「鏡」「カンガルー日和」「かいつぶり」「スパゲティーの年に」「とんがり焼の盛衰」の五編が収録されているのです。

頻出する「1963年」

前章でエッセイ集『おおきなかぶ、むずかしいアボカド　村上ラヂオ2』を取りあげ、野菜好きな村上春樹を紹介しましたが、この『カンガルー日和』に「1963/1982年のイパネマ娘」という短編があって、その中にも野菜好きな「僕」と「女の子」が出てきます。

同作の「僕」は「イパネマの娘」という曲を聴くたびに、高校の廊下を思い出します。それは暗くて、少し湿った、高校の廊下です。なぜ思い出すのか、その脈絡は自分でもよくわからないのですが、高校の廊下といえば「僕はコンビネーション・サラダを思い出す。レタスとトマトとキュウリとピーマンとアスパラガス、輪切りたまねぎ、そしてピンク色のサザン・アイランド・ドレッシング」なのだそうです。作中にもありますが「ここにもやはり脈絡なんてない」のです。

さらに、読んでいくと「1963／1982年のイパネマ娘は形而上学的な熱い砂浜を音もなく歩きつづけている」とありますが、これもさらにさらに、コンビネーション・サラダとの脈絡がつかみがたいですね……。

そこでこの章では、簡単には意味がつかみがたい「1963／1982年のイパネマ娘」という作品はどんなことを述べているのか考えてみたいと思うのです。

『カンガルー日和』は「トレフル」という雑誌に連載された作品です。「1963／1982年のイパネマ娘」は、その「トレフル」の一九八二年四月号に掲載された作品ですので、「1982年」のほうは、その時代の「現代」という意味でしょう。

では「1963年」のほうは、いったい何でしょうか？　村上作品のファンならば、ご存じの方もいらっしゃると思いますが、この「1963年」という年に、村上春樹は作家として出発した時からたいへんな興味を寄せています。幾つか、デビュー作『風の歌を聴け』から、例を挙げてみましょう。

一番はっきりと「1963年」が出てくるのは「僕」が関係した女性を振り返る場面です。

僕は彼女の写真を一枚だけ持っている。裏に日付けがメモしてあり、それは1963年8月となっている。

「彼女」は次の作品『1973年のピンボール』で「直子」という名前を持って登場してくる女性で、このデビュー作でも彼女は死んでしまう人として描かれていますし、もちろん、その「直子」は『ノルウェイの森』の中で縊死してしまう「直子」と繋がっています。『風の歌を聴け』の彼女はまだ無名ですが、「彼女は14歳で、それが彼女の21年の人生の中で一番美しい瞬間だった」と記されています。若くして死んでしまう、その女性の一番美しい時が「1963年」なのです。

また同作にはデレク・ハートフィールドという架空の米国人作家が出てくるのですが、

僕が絶版になったままのハートフィールドの最初の一冊を偶然手に入れたのは股の間にひどい

皮膚病を抱えていた中学三年生の夏休みであった。

とあります。この中学三年の夏休みも「1963年」なのです。

さらに「僕」は子どもの頃「ひどく無口な少年」だったのですが、「14歳になった春、信じられないことだが、まるで堰を切ったように」突然しゃべり始めたのです。この14歳の春もまた「1963年」です。

その「僕」も「左手の小指のない女の子」も「僕の友人・鼠」もジェイズ・バーというバーに集まります。初期三部作にずっと出てくるジェイズ・バーが「僕」や「鼠」の住む街に引っ越してきたのも「1963年」なのです。そのことが『羊をめぐる冒険』に記されています。ですから『風の歌を聴け』『1973年のピンボール』『羊をめぐる冒険』の三部作は「1963年」を結節点のようにして書かれている小説だとも言えるのです。

まだまだ他にも「1963年」にかかわる作品を挙げることができますが、ともかく村上春樹が「1963年」に、非常にこだわって出発した作家であることはわかっていただけたかと思います。

「1963/1982年のイパネマ娘」の「1963」とは、その「1963年」のことです。では「1963年」とは、どんな年なのでしょうか。この村上作品の中に頻出し、たくさん潜在する「1963年」とは何かということを考えるのが、村上春樹の小説世界はどのようなものなのかを考えることに深く繋がっていると思うのです。

そこで、なぜ村上春樹が「1963年」にこだわるのか、その理由について、私なりの仮説のようなものを幾つか提出してみたいと思います。そして、話をわかりやすくするために、結論を先に書いてしまいますと、その理由の一つは「海の喪失」だと思います。

海の喪失、そして怒り

「1963／1982年のイパネマ娘」は「すらりとして、日に焼けた／若くて綺麗なイパネマ娘が／歩いていく。」というボサノバ曲「イパネマの娘」の歌詞から書き起こされています。そして歌詞の最後はこうなっています。

僕のハートをあげたいんだけれど
彼女は僕に気づきもしない。
ただ、海を見ているだけ

という言葉です。それに続いて、

　１９６３年、イパネマの娘はこんな具合に海を見つめていた。そしていま、１９８２年のイパネマ娘もやはり同じように海を見つめている。

と書かれています。つまりこの作品は「海」をめぐる小説です。

「海」や「海岸」は、村上春樹にとって原点とも言える場所でした。それが高度成長という中で失われていくのです。そのことに対する強い怒りが村上文学の出発点です。

『カンガルー日和』の中で「１９６３／１９８２年のイパネマ娘」の次の次に置かれている短編に「5月の海岸線」という作品があります。これは「１９６３／１９８２年のイパネマ娘」のちょうど一年前の「トレフル」一九八一年四月号に掲載された作品です。「5月の海岸線」は「トレフル」の連載では最初に書かれた短編ですが、これもタイトルにもあるように「海」についての作品です。

「僕」が友人の結婚式で十二年ぶりに帰郷すると「海は消えていた」のです。正確に言うと、海は何キロも彼方に押しやられ、古い防波堤の名残りだけが何かの記念品のように残っていました。

二十年前には、夏になると毎日「僕」が泳いでいた海なのです。

砂浜で犬を放してぼんやりしていると何人かのクラスの女の子たちに会えた。運がよければ、あたりがすっかり暗くなるまでの一時間くらいは彼女たちと話しこむことだってできた。長い丈のスカートをはき、髪にシャンプーの匂いをさせ、目立ち始めた胸を小さな固いブラジャーの中に包み込んだ一九六三年の女の子たち。彼女たちは僕の隣りに腰を下ろし、小さな謎に充ちた言葉を語り続けた。

と、「5月の海岸線」に記されています。その海が消えていたのです。

ここに「一九六三年」の海と、その海岸線を歩く日本の女の子が描かれていて、おそらく「1963／1982年のイパネマ娘」の日本の女の子に対応して書かれた作品でしょう。この「一九六三年の女の子たち」は、この「5月の海岸線」の誰かが「1963／1982年のイパネマ娘」なのかもしれません。

夏になると毎日「僕」が泳いでいた二十年前の海。運がよければ、あたりがすっかり暗くなるまでの一時間くらいは彼女たちと話しこむことだってできた、その海岸が埋め立てられ、広大な宅地と化していたのです。

その荒野には何十棟もの高層アパートが、まるで巨大な墓標のように見渡す限りに立ち並んでいた。（……）僕は預言する。君たちは崩れ去るだろう、と。

このように、村上春樹は珍しく非常に激しい言葉で書いています。

人々は山を崩し、海を埋め、井戸を埋め、死者の魂の上に何十棟もの高層アパートを建て、「僕」が二十年前には夏になると毎日泳いでいた海は、わずかに「五十メートルばかりの幅の小さな海岸線」としてだけ残っているような「海」になってしまったのです。

これは現実的には、昔の芦屋浜を埋め立てて、その土地に建てた芦屋浜シーサイドタウンのことです。私も、この埋め立て後、芦屋川河口に残された「五十メートル」の砂浜に何度か立ってみたことがあります。それは何回見ても、村上春樹の怒りが伝わってくるようなほんとうに荒涼とした風景でした。

村上春樹のことを〝お洒落で都会的な小説を書く作家〟と思っている人も多く、そのため、「海辺」と「高層アパート群」の対比で考えると、「高層アパート群」のほうの価値観に立つ作家と感じている人も少なくありません。でも実際に作品を読んでいくと、そういう価値観とはまったく逆の「海」「海岸線」を護る側に立つ作家であることがよくわかります。

そして二十年前には、夏になると毎日「僕」が泳いでいた海。運がよければ、あたりが暗くなるまでクラスの女の子たちと話しこむことができた海岸。その海を埋め立てて、高層アパート群を建てるという案が兵庫県によって提案されたのが、まさに「1963年」なのです。山を崩し、海を埋めるという自然破壊の計画へ深い怒りを抱くゆえに、村上春樹は「1963年」にこだわっているのではないかと、私は考えているのです。

「1963／1982年のイパネマ娘」の「足の裏に指を触れると、微かな波の音がした。波の音までもが、とても形而上学的だ」とあります。イパネマの娘は変わらぬ「海」の象徴なのでしょう。でもその海は消えて、高層アパート群となってしまいました。「海」を護ることは、夢や理想や形而上学的にしか存在しないのかもしれません。

1963／1982年のイパネマ娘は今も熱い砂浜を歩きつづける。レコードの最後の一枚が擦り切れるまで、彼女は休むことなく歩きつづける。

こんな言葉で、この短編は終わっています。

つまり「イパネマ娘」とは村上春樹自身のことなのでしょう。自らの力が尽きるまで、海を護り、山を護り、自然を護るという夢を追求したいということが、同作の最後の言葉の意味だと思います。

自然を体現する女性「直子」

最後にもう一つだけ加えておきたいと思います。「1963年」に注目すると『1973年のピンボール』という作品のタイトルの意味することを少しだけ受け取れるような気がするのです。『1973年のピンボール』は大江健三郎『万延元年のフットボール』（一九六七年）のパロディーかと思いますが、それはそうとして、この「1973年」とは何か。そんなことをつい考えてしまいます。

この作品は、こんなふうに書き出されています。

見知らぬ土地の話を聞くのが病的に好きだった。
一時期、十年も昔のことだが、手あたり次第にまわりの人間をつかまえては生まれ故郷や育った土地の話を聞いてまわったことがある。

「1969―1973」とプロローグの初めにあるので、「十年も昔のこと」という言葉は、一九七九年か、または同作が発表された一九八〇年から「十年も昔のこと」と受け取るのが、普通の読み方だと思います。この章の前半でも紹介した「直子」という女性が、自分の育った街のことを「僕」に語っているのが、一九六九年の春だからです。

でも、この「十年も昔のこと」という言葉を、同作の終わる年である「１９７３年」から「十年も昔のこと」と受け取ってみると、これも「１９６３年」のこととなります。一瞬、そんなことも思わせる書き出しなのです。『１９７３年のピンボール』とは「１９６３年」の十年後の日本社会という意味なのかなと……。

同作で直子は十二歳の時、一九六一年に、彼女が語る土地に引っ越してきました。

直子が移り住んだ家の「庭は広く、その中には幾つかの林と小さな池があった」そうですし、「池には水仙が咲き乱れ、朝になると小鳥たちが集ってそこで水を浴びた」そうです。土地には冷たい雨が降り、そして「雨は土地に浸み入り、地表を湿っぽい冷ややかさで被った。そして地底を甘味のある地下水で満たした」のです。

直子が住む街には井戸掘り職人が住んでいて、彼は井戸掘りの天才でした。ですから「この土地の人々は美味い井戸水を心ゆくまで飲むことができた。まるでグラスを持つ手までがすきとおってしまいそうなほどの澄んだ冷たい水だった」と書いてあります。

でも、直子が十七歳の秋（これはたぶん一九六六年のことかと思われますが）、その井戸掘り職人が電車に轢かれて死んでしまうのです。息子たちも跡は継がずに土地を出て、この土地では美味い水の出る井戸は得難いものとなってしまったのです。

この時代の変化を村上春樹はこう書いています。

時が移り、都心から急激に伸びた住宅化の波は僅かながらもこの地に及んだ。東京オリンピックの前後だ。山から見下ろすとまるで豊かな海のようにも見えた一面の桑畑はブルドーザーに黒く押し潰され、駅を中心とした平板な街並が少しずつ形作られていった。

東京オリンピックの開催は一九六四年のことです。「東京オリンピックの前後」とは、まさに「1963年」から一九六五年ぐらいの時代のこと。一面の桑畑が「まるで豊かな海のようにも見えた」という言葉にも注目したいです。ここでも「海のような桑畑」が消えていったのです。

『1973年のピンボール』という作品は、美味い水を生む井戸が消え、海のような桑畑が消えた土地のことを語った「直子」が死に、彼女が死んだ後の世界を「僕」が生きていく物語です。「直子」とは消えていった「海」や「井戸」、「山」や「畑」など、「自然」の中にある魂のようなものを体現する女性なのでしょう。そんな「直子」の死の後をどう生きていくのか。そう読んでみれば、村上春樹の時代への認識が鮮明に浮かび上がってくると思います。

第4章

忘れないヴェトナム戦争
1963年へのこだわり　その2

重要人物との間で語られるケネディー

村上春樹の『風の歌を聴け』の中に、なぜかケネディー米国大統領のことが繰り返し書かれています。ここではまず、そうした場面を列挙しながら、このことの意味を考えてみたいと思います。

『風の歌を聴け』にはデレク・ハートフィールドという架空の小説家が出てきます。ハートフィールドは「良い文章について」こんなことを書いているというのです。

「文章をかくという作業は、とりもなおさず自分と自分をとりまく事物との距離を確認することである。必要なものは感性ではなく、ものさしだ。」（「気分が良くて何が悪い？」１９３６年）

そして、こう続きます。

僕がものさしを片手に恐る恐るまわりを眺め始めたのは確かケネディー大統領の死んだ年で、それからもう15年にもなる。

また同作には「鼠」という「僕」の友人が登場しますが、その「鼠」がビールを飲みながら女と話す場面があります。現実なのか、小説の中のことか、または夢想なのかわからないぐらい断片的な場面です。「鼠」は女に言います。

「ねえ、人間は生まれつき不公平に作られてる。」
「誰の言葉?」
「ジョン・F・ケネディー。」

「僕」がこれまで付き合った女の子のことを回想する場面については前章でも紹介しましたね。三番目の女の子は若くして亡くなってしまいます。「僕」は彼女の写真を一枚だけ持っていて、その裏には「1963年8月」という日付けがメモしてありました。村上春樹はその年について、「ケネディー大統領が頭を撃ち抜かれた年だ」と記しています。

さらに同作では「僕」が左手の小指のない女の子と知り合う場面がありますが、前夜泥酔していた彼女がその夜のことを覚えておらず、「ねえ、昨日の夜のことだけど、一体どんな話をしたの？」と問うと、「僕」は「ケネディーの話。」と答えています。

このように、『風の歌を聴け』の中では、非常に重要な人物との関係の中で、ケネディーのことが語られているのです。

ハートフィールドは「僕」が「文章についての多くをデレク・ハートフィールドに学んだ。殆んど全部、というべきかもしれない」という人物です。「鼠」は「僕の分身」とも言うべき存在です。「僕」が関係した三番目の女の子は、第二作の『１９７３年のピンボール』では「直子」という名前を持って登場する女性と思われますし、彼女は『ノルウェイの森』で自死してしまう「直子」にまで繋がっていきます。さらに左手の小指のない女の子は、この小説の中で唯一現実的に（？）「僕」がデートをしている女性なのです。

これらの人が登場したところで、ケネディーのことが語られるのです。ですから『風の歌を聴け』の中での「ケネディーとは何か」を考えることが、村上春樹という作家の出発点を探るうえで、とても重要なポイントなのではないかと、私は考えています。

例に挙げた中にもありますが、そのケネディーが死んだ年は「１９６３年」のことです。「僕」が文章について殆んど全部を学んだというデレク・ハートフィールドの「気分が良くて何が悪い？」が書かれたのは「１９３６年」となっているので、「36年」を反転して「63年」

と対応させるための提示かもしれませんが、このケネディーについての記述の繰り返し、こだわりは、ケネディーが暗殺された「1963年」への村上春樹のこだわりを示しているのではないでしょうか。

話を簡単にするために、私の考えを先に書いてしまうと、このケネディーへの記述の繰り返し、ケネディーが暗殺された「1963年」の頻出は、ヴェトナム戦争への村上春樹のこだわりの表明ではないか。私はそう思うのです。

ジェイズ・バーの歴史、赤坂ナツメグの結婚生活

幾つか村上春樹作品の中でヴェトナム戦争と「1963年」の関係を示す具体例を挙げて、話を進めてみましょう。まず初期作品の中で直接それを示すものは、ジェイズ・バーの歴史です。

『風の歌を聴け』『1973年のピンボール』『羊をめぐる冒険』の初期三部作に登場するジェイズ・バーは「僕」も「鼠」も「左手の小指のない女の子」もみな集まる場所です。ジェイズ・バーの経営者である中国人のジェイはもともとは基地で働いていたのですが、彼はその仕事を一九五四年にやめ、基地の近くに初代のジェイズ・バーを開きます。

そして「ベトナムでの戦争が激しくなってきた」一九六三年に「僕」たちの街に引っ越してくるのです。そのことが『羊をめぐる冒険』の中に記されています。「1963年」はケネディーが暗殺された年ですが、それはまた米国がヴェトナム戦争に本格介入した年でもあります。ケネディーが暗殺されて、ジョンソンが次の米国大統領となった年なのですが、そのジョンソンはヴェトナム戦争を拡大し、北爆を始めた人です。

ヴェトナム戦争が激しくなってきた一九六三年にジェイズ・バーが僕らの街に移転してくるわけですが、この年にケネディーが暗殺され、さらにヴェトナム戦争が拡大していくのです。その転換点として「1963年」が『風の歌を聴け』に置かれていて、ヴェトナム戦争への村上春樹のこだわりゆえに、同作に「ケネディー」が頻出するのではないかと、私は思います。

第三作『羊をめぐる冒険』にはフランシス・コッポラがヴェトナム戦争を描いた映画『地獄の黙示録』の影響も指摘されていますが、私は、村上春樹という作家は、そのデビュー以来、ずっとヴェトナム戦争への思いを内に深く抱いて、作品を書き続けているのだろうと考えています。

村上春樹のヴェトナム戦争へのこだわりと、同戦争への強い反対意識に気がついて、私が一番エッとびっくりしたのは、『ねじまき鳥クロニクル』を何度目かに読み返していた時のことです。『ねじまき鳥クロニクル』の第3部に赤坂ナツメグと呼ばれる女性が登場します。息子・赤坂シナモンとともに、『ねじまき鳥クロニクル』を動かしていく人物として新たに加わってくる人です。

「僕」は満州生まれの赤坂ナツメグと「いつも同じレストランで、同じテーブルをはさんで話」をするようになり、彼女は何カ月もかけて自分の生い立ちを語ってくれるのです。

彼女は洋服のデザイナーとして活躍し始めていた二十七歳の時、業界のパーティーで、一つ年下の新進デザイナーと出会います。その男も大陸生まれでした。

そして翌年二人は結婚します。それは一九六三年のことなのです。さらに次の年（東京オリンピックの年）に子どもが生まれます。それが赤坂シナモンです。

ところが二人の仕事が順調に進みだしたころから、ナツメグと夫の関係が疎遠になり始め、ナツメグが四十歳の一九七五年、夫は赤坂にあるホテルの部屋で刃物で切り刻まれて殺されてしまい、彼女の結婚生活は終結してしまうのです。

さて、この夫が殺された一九七五年という年はサイゴンが陥落して、ヴェトナム戦争が終結した年です。つまり赤坂ナツメグの結婚はケネディーが暗殺され、ヴェトナム戦争が激しくなった一九六三年に始まり、戦争が終結した一九七五年に終わっているのです。

この赤坂ナツメグの結婚生活の始終に関する年の記述に、村上春樹のヴェトナム戦争へのこだわりを強く感じて非常に驚いたのです。

赤坂ナツメグの夫の死体からは心臓と、胃と、肝臓と、二つの腎臓と、膵臓が残らずなくなっていて、首は胴体から切断されて便器の蓋の上に正面を向けて載せられていました。このような残虐な殺戮ぶりは、戦争というものを隣に置いて、初めて受け取ることができるものです。

やはりここはヴェトナム戦争にかかわる場面として書かれているのだと思いますし、ヴェトナム戦争と我々が無関係ではあり得ないということを示しているのでしょう。

理想主義の追求

もう一つ、村上春樹の一貫したヴェトナム戦争へのこだわりを強く感じたのは、二〇〇九年二月、イスラエルでのエルサレム賞受賞スピーチに関するものでした。二〇一一年六月のカタルーニャ国際賞の受賞スピーチも大きな話題となり、この本の冒頭でも紹介しました。でも「壁と卵」というエルサレム賞の受賞スピーチも、それに劣らず話題となりました。

授賞式前から、イスラエル軍のガザ侵攻に抗議して辞退すべきだという声があって話題となっていましたし、そのスピーチの「もしここに硬い大きな壁があり、そこにぶつかって割れる卵があったとしたら、私は常に卵の側に立ちます」との言葉も印象的でした。

また日ごろ、自分の両親のことを語らない村上春樹が、前年の夏に九十歳で亡くなった父親のことに触れて話したのも珍しいことでした。村上春樹の父親は大学院在学中に徴兵され、中国大陸の戦闘に参加。村上春樹が子どものころには、父親は毎朝、仏壇に向かって長く深い祈りを捧げていて、その祈りは味方、敵の区別なく、戦地で命を落とした人々のためだと語っていたそうです。

そして、このエルサレム賞受賞スピーチの英語版と日本語版とともに、村上春樹が語る「僕はなぜエルサレムに行ったのか」が、「文藝春秋」の二〇〇九年四月号に掲載されました。それを読んで、再び村上春樹のヴェトナム戦争へのこだわりを知って、驚いたのです。そこでは「インタビュー」ということで、村上春樹がエルサレム賞のスピーチについて独り語りをしているのですが、最後にこうあります。

ベトナム反戦運動や学生運動は、もともと強い理想主義から発したものでした。それが世界的な規模で広まり、盛り上がった。

村上春樹もその世代の一人ですが、でもその世代の大多数が、運動に挫折したとたんにあっさり理想を捨て、生き方を転換して企業戦士となり、日本経済の発展に貢献する側へまわり、結果、バブルをつくってはじけさせてしまいました。

そういう意味では日本の戦後史に対して、我々はいわば集合的な責任を負っているとも言える。（……）もう一度それぞれのかたちで理想主義みたいなものを取り戻す道を模索するべきなのかもしれません。僕自身も、漠然とではあるけれど、まわりを見渡してそういうことを感じています。我々にはそういう責務があるのではないかと。

語りは、こう締めくくられています。

話題となったイスラエルでのエルサレム賞受賞スピーチについて語ることの、その結論の起点に「ベトナム反戦運動や学生運動」を置いて、村上春樹は話しているのです。

ここにもデビュー以来、変わらずヴェトナム戦争、ヴェトナム反戦にこだわる村上春樹がいますし、そのこだわりは「理想主義の追求である」のです。

ビーチ・ボーイズとヴェトナム戦争

ここで、少し『風の歌を聴け』のことに戻りましょう。同作にラジオの「ポップス・テレフォン・リクエスト」という番組が出てきます。それがデビュー作の物語を動かしていく役割を果たしているのですが、そこにも「1963年」に関係したことが出てきます。

それはこんなことです。「僕」が、その番組を聴くともなしに聴いていると、ディスクジョッキーの男から「僕」の家に電話がかかってきて「君にリクエスト曲をプレゼントした女の子が……」と言います。

その「リクエスト曲はビーチ・ボーイズの〈カリフォルニア・ガールズ〉」でした。「僕」がやっと彼女の名前を思い出すと、〈カリフォルニア・ガールズ〉がかかるのです。

さて『意味がなければスイングはない』（二〇〇五年）という音楽エッセイ集を読むと、

初めてビーチ・ボーイズの音楽に出会ったのは、たしか1963年のことだ。僕は十四歳で、曲は「サーフィンUSA」だった。

とありますので、「リクエスト曲はビーチ・ボーイズ」であることも「1963年」に関係したことなのでしょう。

また「ウディー・ガスリー」についての章では「僕が十代を送ったのは1960年代で」

と記した後に、ボブ・ディランやジョーン・バエズたちのプロテスト・ソングの流れに触れ、

それは時代的にいえばケネディー政権の成立から、公民権運動の高まり、そしてヴェトナム反戦へと向かう若者の政治志向に強く支えられたものだった。（……）そのような理想主義的なムーヴメントは、ケネディー暗殺からヴェトナム戦争の圧倒的なエスカレーションという流れを受けて、短期間のあいだに激しく先鋭化し、……

と若者文化の変転について述べていくのですが、ここにも「１９６３年」のケネディー暗殺とヴェトナム戦争の激化、また理想主義的ムーヴメントということが論じられているのです。さらに『村上ソングズ』（二〇〇七年）では、ビーチ・ボーイズのアルバム『サーフズ・アップ』に収録された「１９５７年のディズニー・ガールズ」という曲を紹介しながら、こう書いています。

この曲が作られたのが１９６８年であることを思い起こしていただきたい。暴動とヴェトナム戦争とドラッグ文化まっただ中の時代である。

ここにも、ビーチ・ボーイズとヴェトナム戦争に繋がりを見ることができます。

このように、村上春樹作品の中にある、ほんとうにたくさんの「ヴェトナム戦争へのこだわり」を指摘することができるのですが、前章で紹介した「1963/1982年のイパネマ娘」という短編に触れながら、そのことを少し述べてみたいと思います。

同作に『いちご白書』のことが何回か出てきます。例えばこんな具合です。

人々が野菜を食べつづける限り世界は美しく平和であり、健康で愛に満ちあふれているであろう、と。なんだか「いちご白書」みたいな話だ。

この作品はあまりに飛躍が多く、意味の関係がつかみにくい短編ですが、『いちご白書』は1968年にコロンビア大学で実際に起きた学生運動を描いた映画です。

そこではヴェトナム戦争を進める米国の政府、それに従い協力する大学に対して抗議行動をする大学生たちが描かれています。そんな映画のことが、「1963/1982年のイパネマ娘」の中に出てくるのです。

「1963/1982年のイパネマ娘」というタイトルから考えてみれば、ここでもヴェトナム戦争が激化していった年としての「1963年」が、村上春樹の中で強く意識されているのではないでしょうか。そうでなければ作中の『いちご白書』の登場を受け取ることができないと思います。

長編で言えば『ダンス・ダンス・ダンス』には、ヴェトナム戦争で片腕をなくしたディック・ノースという詩人が出てきますし、『国境の南、太陽の西』（一九九二年）の「僕」は中越戦争に関する本を読んだりしています。

つまり村上春樹はいつも忘れずに「ヴェトナム戦争」にこだわり続けているのです。『ノルウェイの森』がトラン・アン・ユン監督で映画化されましたが、それを村上春樹が許可したのは、もしかしたらトラン・アン・ユンさんがヴェトナム出身だったということも関係していたかもしれません。

そして、もちろん『１Ｑ８４』にもヴェトナム戦争を反映した部分があります。いや、むしろ『１Ｑ８４』は、ヴェトナム戦争と、現代社会との相克を描いた作品と読むこともできると、私は考えています。でもそれについては『村上春樹を読みつくす』という本の中で書きましたので、興味があったら、そちらをのぞいてみてください。

第5章

「死者」と「霊魂」の世界への入り口

「旭川」と「高松」　その1

「でも人は旭川で恋なんてするものなのかしら？」

先日、出張で「旭川」まで行ってきました。旭川は人口約三十五万人、札幌に次ぐ北海道第二の都市です。碁盤の目のように通りがきれいに交差していて、古代の都市の条坊制、また耕作地の条里制に似たようなつくりの街で、なかなか素敵な所でした。

これは本書の取材のために訪れたわけではないのですが、その旅の間に、何度か村上春樹のことを思い出しました。それは村上作品の中に「旭川」が繰り返し登場するからです。「でも人は旭川で恋なんてするものなのかしら?」。二〇一〇年末公開の映画『ノルウェイの森』でも、こんな謎のような言葉が、宣伝映像に使われ、全国の書店で繰り返し流されていました。その「旭川」が、なぜ村上作品に多く登場するのか。「でも人は旭川で恋なんてするものなのかしら?」とは、いったいどんなことを意味しているのか。その問題について、少し考えてみたいと思います。

「旭川」の登場で、一番有名な作品は『羊をめぐる冒険』と『ノルウェイの森』ですが、まず『ノルウェイの森』のほうの「旭川」から先に紹介してみましょう。

この長編小説には、ビートルズの「ノルウェイの森」が好きな「直子」という女性が出てきます。直子は森の奥で自殺してしまう人です。また同作には、もう一人、生命力あふれる「緑」という女性が登場します。その対照的な二人の女性の間を主人公の「僕」が揺れ動きながら展開していく物語が『ノルウェイの森』です。

そして直子のほうは精神を病み、京都のサナトリウム・阿美寮に入っているのですが、この寮で直子は「レイコ」という女性と同室になっています。ですから「僕」が直子に会いに行くと、レイコさんとも会い、よく話をするという具合に話が進んでいきます。

「旭川」のことは、このレイコさんと「僕」の会話の中に出てきます。

直子が森の中で死んだ後、レイコさんはサナトリウムを出て、京都から「旭川」に行く途中、東京の「僕」に、会いに来ます。レイコさんが「旭川」に行くのは、彼女が音大生だった時に仲の良かった友人が「旭川」で音楽教室をやっていて、手伝わないかと誘われていたからです。

「僕」の家に立ち寄ったレイコさんは、ギターでビートルズの「ノルウェイの森」「イエスタデイ」などを弾き、ボブ・ディラン、ビーチ・ボーイズの曲なども弾いて、五十一曲目にバッハのフーガを演奏します。そして、その後に二人が関係するのです。

「僕」よりも、レイコさんは十九歳も年上の女性ですが、それは素晴らしいセックスだったようで、「僕」は言います。

「ねえ、レイコさん」（……）「あなたは誰かとまた恋をするべきですよ。こんなに素晴しいのにもったいないという気がしますね」

これに対して、レイコさんが言うのです。

「でも人は旭川で恋なんてするものなのかしら？」

レイコさんが「僕」の家に来て、最初に話す場面では、こんな会話もあります。

「これから先どうするんですか、レイコさんは？」

「旭川に行くのよ。ねえ旭川よ！」と彼女は言った。「（……）やっと自由の身になって、行く先が旭川じゃちょっと浮かばれないわよ。あそこなんだか作りそこねた落とし穴みたいなところじゃない？」

「そんなにひどくないですよ」僕は笑った。「一度行ったことあるけれど、悪くない町ですよ。ちょっと面白い雰囲気があってね」

これらのレイコさんの発言は、旭川関係者にはかなりショッキングだったようです。実際、インターネットなどで旭川在住または旭川の関係者らしい村上春樹ファンの書き込みなどを読んでいますと、このレイコさんの「旭川」に対する「あそこなんだか作りそこねた落とし穴みたいなところ」と「でも人は旭川で恋なんてするものなのかしら？」という発言に、かなり傷ついているような印象を受けます。「いくらなんでもちょっとひどくないですか……」という感じです。

ですから、どういう発想からレイコさんは「人は旭川で恋なんてするものなのかしら？」とつぶやくのか、なぜ「旭川」は「作りそこねた落とし穴みたいなところ」なのかということについて、私なりに考えてみたいと思うのです。結果的に旭川関係の村上春樹ファンのみなさんに、これまでとは少し異なる意味で、それらの言葉が伝わってくるようになればと願っています。

「旭川」から「十二滝町」へ

「旭川」が登場する最初の長編は『羊をめぐる冒険』です。同作では行方不明になっている友人の「鼠」を捜して、「十二滝町」という北海道の果てにある町へと、主人公の「僕」が旅をします。

「僕」は札幌から「旭川」に向かうのですが、目指す「十二滝町」は「旭川」で列車を乗り換えて、塩狩峠を越え、さらに奥へ進んだ所にある町です。「これより先には人は住めない」という場所です。

そこで「僕」は頭からすっぽり羊の皮をかぶった「羊男」と出会います。「十二滝町」のさらに山の上の古い牧場跡に「鼠」の父親の別荘があり、雪の季節には人の往来も途絶えるという、そんな場所に「羊男」は住んでいるのです。

「羊男」と出会った「僕」が「どうしてここに隠れて住むようになったの?」と質問すると、「羊男」は「戦争に行きたくなかったからさ」と答えています。つまり羊男は戦争忌避者で、それゆえに、これより先には人は住めない土地、人の往来も途絶える場所に隠れ住んでいるのです。

「僕」はこの土地で「鼠」を待ち続けます。すると、捜していた「鼠」が「羊男」の姿を借りて、「僕」の前に現れます。真っ暗な闇の中で「僕」は「鼠」と対話をするのですが、そこで「鼠」は既に死んでいることが、「鼠」自身から明かされます。

その「十二滝町」に向かう「僕」は、札幌から「旭川」へ行く早朝の列車の中で、ビールを飲みながら箱入りの分厚い『十二滝町の歴史』を読みふけっています。それは明治十三年（一八八〇年）から昭和四十五年（一九七〇年）までの九十年間の歴史です。その間に日本人はたくさんの戦争を経験し、多くの人が亡くなりました。

戦争忌避者である「羊男」にも日露戦争をはじめとする戦争の死者の姿が重なってきます。日露戦争で日本の兵隊たちは羊毛の防寒具を着て戦い、亡くなっているからです。

このように『羊をめぐる冒険』という長編は、主人公「僕」の友人「鼠」を捜す旅が、戦争の多かった日本の近代史を探る旅にも繋がっていくように書かれているのです。

その旅の終着点「十二滝町」は、これより先には人は住めない土地です。さらに山の上の古い牧場跡は、人の往来も途絶える場所。つまり、そこは「死者の世界」「霊魂の世界」です。「鼠」も「羊男」も、その「死者の世界」「霊魂の世界」に住む人たちなのです。

そして、その入り口に位置するのが「旭川」です。「旭川」が村上春樹の作品に出てくる時、それは必ずと言っていいほど、「死者の世界」や「霊魂の世界」と繋がっているのです。以下、具体的に列挙してみましょう。

作品内に置かれた「旭川」

例えば『ノルウェイの森』の次の長編である『ダンス・ダンス・ダンス』にも「旭川」が出てきます。

『ダンス・ダンス・ダンス』は『羊をめぐる冒険』の続編的な作品ですが、この長編には、ホテルのフロントで働いている「ユミヨシさん」という二十三歳の女性が出てきます。眼鏡がよく似合う、感じの良いユミヨシさんに、主人公の「僕」は好意を抱きます。

そのユミヨシさんが勤務し、「僕」が宿泊する「ドルフィン・ホテル」で、ある日、異変が起こります。ユミヨシさんがエレベーターで十六階へ向かい、廊下に降り立って、ふと気づくと、あたりは真っ暗な闇の世界です。エレベーターのほうへ振り返ってみても、スイッチ・ランプさえ消えています。その時の恐怖をユミヨシさんは「僕」に語ります。

「全部死んじゃったのよ、完全に。そりゃ怖かったわ。当たり前でしょう？　真っ暗な中に一人きりなんですもの」

同作では、「僕」もこの真っ暗な闇の世界に侵入し、そこに住む「羊男」と会話をする場面がありますし、物語の最後には「僕」とユミヨシさんが一緒に、この闇の世界に入る場面もあります。この十六階の真っ暗な闇は『羊をめぐる冒険』で「僕」と「鼠」が出会い会話した、あの闇の世界と繋がっています。つまり「ドルフィン・ホテル」の十六階の闇の世界も「死者の世界」「霊魂の世界」なのです。

さて、ユミヨシさんについて「彼女の実家は旭川の近くで旅館を経営して」いると村上春樹は書いています。つまり「闇の世界」に入るユミヨシさんは「旭川」近くの出身なのです。

そのユミヨシさんと「僕」とのこんな会話があります。

「フロントに立っていると君は何だかホテルの精みたいに見える」

「ホテルの精?」と彼女は言って笑った。「素敵な言葉。そういうのになれたら素敵でしょうね」

「君なら、努力すればなれる」

この「ホテルの精」とは「ホテルの精霊」のことです。ユミヨシさんは「精霊」、すなわち「霊魂の世界」に近い人で、その実家が「旭川」近くなのです。

ユミヨシさんは真っ暗な闇の世界に侵入することができる人ですし、そこで「全部死んじゃったのよ、完全に」と感じることができる人です。ここにも「旭川」と「死者の世界」「霊魂の世界」の繋がりがあります。

また『ねじまき鳥クロニクル』にも「旭川」は何度か出てきます。この大長編は「僕」が突然行方不明になった妻・クミコを捜し続けて、取り戻す物語です。その「僕」とクミコの結婚は、妻の実家の反対に遭っていました。

しかし実家が信頼する老霊能者の本田さんが、結婚に反対したら「非常に悪い結果をもたらすことになる」と断言してくれたので、二人は結婚できたのです。この本田さんはノモンハン事件の生き残りでした。その本田さんが死に、形見分けのために戦友の間宮中尉が「僕」たち夫婦の所にやってきて、ノモンハン事件でのことを語ります。

こうやって一九八四年、八五年ごろの日本社会と、日中戦争に突入していく時代の日本の姿が重ね合わされて進んでいく物語が『ねじまき鳥クロニクル』です。

そして亡くなった老霊能者・本田さんの故郷が、また「旭川」なのです。ここでも戦争という「死者の世界」、霊能者という「霊魂の世界」とが「旭川」で繋がっています。

『ねじまき鳥クロニクル』で「旭川」が出てくる例をもう一つ紹介してみましょう。

それは『ねじまき鳥クロニクル』の第3部で最も重要な場面です。妻・クミコを向こう側に連れ去ってしまった妻の兄・綿谷ノボルと「僕」が対決するところです。

ホテルのロビーの大型モニターテレビでNHKのニュース番組を放送していて、衆議院議員の綿谷ノボルが暴漢に襲われて重傷を負ったというニュースが伝えられます。

そのニュースが放送される直前に、ある事故のニュースが流れるのです。

旭川では大雪が降って、視界不良と道路凍結のために観光バスがトラックと衝突してトラックの運転手が死亡し、温泉旅行に行く途中の団体観光客が何人か負傷した。(……)僕は占い師の本田さんの家のテレビを思いだした。そういえばあのテレビはいつもNHKにあわせられていたんだな。

この場面で、「旭川」の「死亡事故」が「死者の世界」と、「旭川」出身の霊能者・本田さんが「霊魂の世界」と繋がっていることを意識的に村上春樹は書いているのです。

以上、村上春樹の小説の中では「旭川」が「死者の世界」「霊魂の世界」と繋がる土地であることについて紹介してきました。そのことをしっかり頭に入れておいてください。

直子のお化け

さて、最初の問題である、レイコさんは、どんな発想から「人は旭川で恋なんてするものなのかしら？」とつぶやいたのかという問題に戻ってみたいと思います。

ここは話をわかりやすくするために、結論の部分を先に書いてしまいましょう。

私は、「レイコさん」とは「レイコン」「霊魂」のことではないかと考えています。「レイコさん」には「石田玲子」という名前があるのですが、でも作中は一貫して「レイコさん」と呼ばれています。これは「レイコ」が「霊子」であり、「レイコさん」は「レイコン」「霊魂」を表す名前だからではないかと、私は思っているのです。

その理由を以下、述べてみたいと思います。

レイコさんは、「僕」に会いに来る時、ツイードの上着と素敵な柄のマドラス・チェックの半袖のシャツを着てきます。それらの服はすべてが死んだ直子のものです。

レイコさんと直子は洋服のサイズが殆ど一緒でした。直子は死ぬ時、誰にあてても遺書を書かなかったのですが、「洋服は全部レイコさんにあげて下さい」という走り書きをメモ用紙に書き、机の上に残していたのです。

レイコさんは、その直子の洋服を着て、新幹線に乗って、東京に来ます。新幹線のことを「棺桶みたいな電車」だとレイコさんは言います。窓が開かないからでしょうか。「棺桶みたいな電車」に乗って、直子の服を着て「僕」に会いに来る、直子と同じ体型のレイコさんとは、つまり死んだ直子のお化けです。直子のレイコン・霊魂です。

「私はもう終ってしまった人間なのよ。あなたの目の前にいるのはかつての私自身の残存記憶にすぎないのよ。私自身の中にあったいちばん大事なものはもうとっくの昔に死んでしまっていて、私はただその記憶に従って行動しているにすぎないのよ」

こんなことをレイコさんは「僕」に言います。この言葉もレイコさんが既に死者であり、直子のレイコン・霊魂であることを頭に入れて読んでみれば、よく受け取れると思います。『ノルウェイの森』の冒頭、直子は繰り返し「私のことを覚えていてほしいの」と言います。同作で、直子は大切な記憶の化身のようにしてあるのですが、最後にレイコさんもまた「僕」に「私のこと忘れないでね」と、まったく同じ意味のことを言います。これもレイコさんが直子のお化け、霊魂であることを示しています。

そして「僕」はレイコさんと交わります。なぜ「僕」が十九歳も年上のレイコさんとセックスをしなくてはならないのか。それはレイコさんが直子だからです。レイコさんが直子のお化けであり、直子のレイコン・霊魂だからなのです。

レイコさんと「僕」について「結局その夜我々は四回交った」とあります。さらに「四回の性交のあとで」と、村上春樹は「四回」を強調するように繰り返し書いています。

そして、この「四回」も私には「死回」「死界」と読めます。「死の世界」のセックスと受け取れるのです。

これだけの紹介ですと、それは、ちょっと考えすぎではないかという方も多いかと思いますが、でも村上春樹には「四」という数字に対するたいへんなこだわりがあります。その具体的な例については『村上春樹を読みつくす』という本の中で詳述しましたので、そちらを読んでください。

ただこの章で紹介したこととの中から、一例だけ挙げておけば、『ダンス・ダンス・ダンス』の「ドルフィン・ホテル」の十六階、真っ暗な闇の「死者の世界」「霊魂の世界」に「羊男」が住んでいる理由にも、村上春樹の「四」(死)へのこだわりがあります。これはおそらく、「4(死)×4(死)＝16」だから、「羊男」は十六階にいるのでしょう。

さてさて以上で、『ノルウェイの森』の最後、「僕」に会いに来るレイコさんは、直子のお化け、直子のレイコン・霊魂だということを理解していただけたでしょうか。

その霊魂であるレイコさんが、向かう土地が「旭川」なのです。そんな「旭川」は、これより先には人は住めない土地「十二滝町」、人の往来も途絶える場所である暗闇の世界、「死者の世界」や「霊魂の世界」への入り口の土地なのです。

霊魂であるレイコさんが「死者の世界」「霊魂の世界」への入り口である「旭川」に行くのです。これが「でも人は旭川で恋なんてするものなのかしら?」とレイコさんがつぶやく理由でしょう。霊魂は「恋なんてするものなのかしら?」、まして「霊魂の世界」への入り口の「旭川」で「恋なんてするものなのかしら?」という意味の言葉だと、私は思います。

ですから現実の旭川の人たちが恋をできないという意味ではありません。村上春樹の作品世界の中で「旭川」は「死者の世界」「霊魂の世界」への入り口として、描かれているという意味です。

さて、霊魂であるレイコさんが「僕」にこう言います。

「辛いだろうけれど強くなりなさい。もっと成長して大人になりなさい。私はあなたにそれを言うために寮を出てわざわざここまで来たのよ」

これは村上春樹の小説にとって、霊的なものとの対話、死者との対話、死者に対する記憶

（歴史も含みます）が、とても重要だということをよく示している言葉です。

大切なものを失ったとき、私たちはほんとうの自分の心の姿に気がつきます。ある場合は、大切なものを失っていることにすら気がつかないときもありますが、でも人は、その大切なものを失っていることに、ふと気づくことがあります。その時、人は成長するのです。

亡くなった人で、記憶に深く残っている人は、自分がこれまで生きてきた中で、とても大切な人です。そういう大切な記憶、大切な人（忘れられない死者）と対話することで、人は成長していくのです。

村上春樹の小説をことさら難しく読む必要はありません。彼は一貫して、そういう人間の成長、成長することの大切さということを書いているのです。そこから聞こえてくるものに耳を澄ませながら読むことが、村上春樹の作品を読む際の最大のポイントだと、私は考えています。

そうそう、「旭川」は「作りそこねた落とし穴みたいなところ」とレイコさんは言いました。それはどんな意味なのか。そのことについては、次章で、四国の「高松」についても取りあげながら、考えてみたいと思います。

第6章

『雨月物語』と古代神話、そして近代日本

「旭川」と「高松」その2

香川県について「いろいろと驚くべきこと」

村上春樹は中華料理というものが苦手のようです。『村上朝日堂』（一九八四年）に「食物の好き嫌いについて（1）」というエッセイがあって、その中で「中華料理となると一切食べられない」と書いています。

日本のラーメンが正確な意味で中華料理かというと、少し考えてしまいますが、難しいことはさておいて、中華料理嫌いの村上春樹は、ラーメンはさらに苦手のようです。千駄ケ谷に住んでいた時分、「家の近くのキラー通りに美味《うま》いという評判のラーメン屋が二軒並んであって、その前を通ると嫌いなラーメンの匂《にお》いがぷんぷんするので、僕は家に帰るのにいつも大変苦労をした」と、同じエッセイの中に記してあるのです。これは遠回りして帰ったのか、はたまた呼吸を止めてラーメン屋の前を通過したということでしょうか……。

こんなことから書き出したのは、最近、私が訪れた旭川はラーメン屋が街の至る所にあったからです。『ノルウェイの森』の中で主人公の「僕」はレイコさんに対して、旭川について「一度行ったことあるけれど、悪くない町ですよ。ちょっと面白い雰囲気があってね」と言っているのですが、このラーメン屋の群雄割拠を見たらどのように感じるのでしょうか。いやいや、村上春樹が旭川を訪れたのは『羊をめぐる冒険』（一九八二年）を書くための取材旅行だったと思われるので、もう三十年前のことですが……。

そのように村上春樹はラーメンは嫌いですが、でも麺類が嫌いというわけでは決してありません。うどんは大好きのようです。

紀行エッセイ集『辺境・近境』（一九九八年）の中に「讃岐・超ディープうどん紀行」という章があって、その中に、自分は「もともとうどん好き」と書いています。

このエッセイは、村上春樹がおいしい讃岐うどん屋を三日間にわたり、食べ歩く話ですが、ここでは村上春樹の麺類の好き嫌いを紹介したいわけではありません。

この章のテーマは讃岐のことです。讃岐といえば、香川県です。「讃岐・超ディープうどん紀行」には香川県の県庁所在地・高松にあるうどん屋も出てきますが、村上作品に繰り返し出てくる、この香川県とは何か、高松とは何か、四国とは何かということを考えてみたいのです。

「讃岐・超ディープうどん紀行」の冒頭はこうです。

あるいは、香川県という土地には他にもいろいろと驚くべきことがあるのかもしれない。しかし僕が香川県に行ってみて何よりも驚いたのは、うどん屋さんの数が圧倒的に多いことであった。

この書き出しにある「あるいは、香川県という土地には他にもいろいろと驚くべきことがあるのかもしれない」とは何かということを考えながら、前章に続いて村上作品の中での北海道、旭川の持つ意味についてもさらに考えを進めてみたいと思います。

香川県高松が出てくる村上春樹の作品で一番有名なものは『海辺のカフカ』でしょう。同作は自分の父親を殺したと思われる、主人公の「僕」が十五歳の誕生日に家を出て、夜行バスに乗り、知り合いもいない高松に向かう話です。

『海辺のカフカ』は、その十五歳の少年「僕」の話と、知能障害のあるナカタさんとそれにお供するトラック運転手の星野青年の話が交互に展開していく物語で、両者が四国、香川県の高松にある甲村記念図書館という私立図書館に結集する長編小説です。

ちなみに「僕」はバスで高松に到着すると、高松駅近くのうどん屋に入って、うどんを食べます。「それは僕がこれまでに食べたどんなうどんともちがっている。腰が強く、新鮮で、だしも香ばしい。値段もびっくりするくらい安い。あまりにうまかったのでおかわりをする」と書いてあります。

一方、ナカタさん・星野青年のコンビのほうは、神戸からバスで四国に渡ります。徳島駅前でバスを降りて一泊。JRで高松に向かうのですが、高松駅で降りると、この二人も駅前にあるうどん屋に入ってうどんを食べます。その店はもしかしたら「僕」が入ったのと同じうどん屋かもしれませんが、そこでナカタさんも「とてもおいしいうどんであります」と言っています。

その高松は『ねじまき鳥クロニクル』にも出てきます。この長編は何度か紹介しましたが、すごく簡単に言うと、主人公「僕」が突然行方不明になった妻・クミコを捜し続けて取り戻す物語です。

そして失踪中の妻・クミコから、「僕」のところに手紙がくる場面が同作にあります。妻からの手紙の消印はかすれていて、はっきりとは読みとれないのですが、『高松』と読めなくもなかった」と書かれているのです。

さて、なぜこのように村上春樹の作品には四国や高松がしばしば登場するのでしょうか。またそれについての説明が長くなりそうですから、私の考えを最初に書いてしまいましょう。その理由は四国、香川県、高松が、村上作品の中では「死者の世界」「霊魂の世界」と繋がっているからなのだと思います。

『雨月物語』と高松

『海辺のカフカ』には、村上春樹が大好きな上田秋成の『雨月物語』が何回か登場します。例えば、星野青年の前にケンタッキーフライドチキンの人形、カーネル・サンダーズが現れて、「我今仮に化《かたち》をあらはして語《かた》るといへども、神にあらず仏にあらず、もと非情の物なれば人と異なる慮《こころ》あり」などと言う場面があります。

その意味は「今私は仮に人間のかたちをしてここに現れているが、神でもない仏でもない。もともと感情のないものであるから、人間とは違う心の動きを持っている」ということですが、これは『雨月物語』の「貧福論」に登場するお化けが話す言葉の引用です。

また、甲村記念図書館を手伝っている大島さんから、『雨月物語』の「菊花の約《ちぎり》」という話について「僕」が教えてもらう場面もあります。

つまり登場人物たちは高松と図書館、うどんと『雨月物語』で繋がっているのです。

その『雨月物語』はほとんどがお化け、霊魂、死者の物語です。そして『雨月物語』の冒頭の「白峯《しらみね》」という話は、西行が讃岐（香川県）に向かう話なのです。

保元の乱で敗れて都を追われ、讃岐に流されて、その地で亡くなった崇徳院の墓を西行は参り、崇徳院の亡霊と語らいます。

私も、この崇徳院の墓を訪ねたことがありますが、それは香川県坂出駅からかなり遠い山の中にあります。こんな遠くまで、崇徳院の遺体を運んだのかと驚くほどの地でした。

崇徳院のことは、鴨長明『方丈記』などにも出てきますが、崇徳院の死後、都では天災・人災が相次ぎ、院の怨霊の仕業ではないかと長く恐れられたそうです。その怨霊の地が「讃岐」、今の「香川県」であり、その香川県の県庁所在地が「高松」なのです。つまり『雨月物語』は四国、香川県と強く繋がった作品なのです。

「死者の世界」「霊魂の世界」(忘れられない記憶・忘れてはならない記憶)と交わって、主人公が成長していくというのが、村上春樹の物語の原型をなしていますし、『海辺のカフカ』も、この典型のような物語です。

同作に繰り返し登場してくる『雨月物語』も「死者」「霊魂」の世界の物語であり、冒頭の「白峯」では西行が讃岐に向かうのです。だから『海辺のカフカ』の登場人物たちは香川県高松に向かうのでしょう。私はそう考えています。

四国は四国遍路、四国八十八ヵ所の霊場巡りで有名です。その霊場を巡るお遍路さんの姿は死出の旅姿です。

前章で、村上春樹には「四」という数字へのこだわりがあることを紹介しましたが、「四国」

は村上春樹にとって「死国」です。事実、高知県出身の作家・坂東眞砂子さんの小説で、映画化もされた『死国』という四国霊場巡りの作品もあるぐらいです。つまり「四国」は「死者の世界」「霊魂の世界」であり、村上春樹作品の中では、その「入り口」が香川県であり、高松なのです。

でも香川県高松をそう断定するには少し例証が足りないのでは、と思う人もいるかもしれません。ですからもう一つ、香川県高松と「死者の世界」「霊魂の世界」の繋がりを示す例を挙げてみましょう。

『ねじまき鳥クロニクル』の「僕」の家の近くの路地に面して空き家があります。その家の元の持ち主は「宮脇さん」という名前でした。ファミリー・レストランを経営していたのですが、ある日、夜逃げのようにしていなくなってしまったのです。

空き家には深い井戸があって、「僕」が縄梯子を使って降りていくと、その底は土で、空井戸になっているのです。

「僕」は壁抜けのように、この井戸を通過して別の世界に出て、その異界で闘い、最後に妻のクミコを取り戻します。ですから宮脇さんの家だった「空き家」と「井戸」は非常に重要な設定なのです。

そして第3部の冒頭部分で、その宮脇さん一家が、「高松」市内の旅館で一家心中した事実が明かされます。次女は絞殺され、宮脇さん夫妻は首を吊って自殺、長女は行方不明とのことです。ここでも「高松」は「死者の世界」「霊魂の世界」と繋がっているのです。さらにもしかすると「高松」は宮脇さんの故郷か、そのルーツと繋がる地だったのかもしれません。全国展開している「宮脇書店」という本屋さんがありますが、その本社は「高松」にありますし、「高松」に勤務した先輩の話によりますと、「高松には宮脇という名前が非常に多い」とのことでした。

以上で、四国や香川県や高松が村上春樹の作品世界では「死者の世界」「霊魂の世界」と繋がる地であることを、かなり納得してもらえたのではないかと思います。

神話との繋がり

次に、失踪した妻・クミコからの手紙は、なぜ「高松」と読めるような消印で来るのか。そのことを考えてみたいと思います。

これは、おそらく同作が『古事記』のイザナギイザナミの神話と繋がっているからではないでしょうか。イザナギは死んだ妻のイザナミを生の世界に連れ戻そうと「死者の世界」である、地下の「黄泉《よみ》の国」を訪れます。私は、「高松」からくる妻・クミコの手紙とは「死者の世界」である「黄泉の国」からきた手紙のことだと思っています。『古事記』では妻を取り戻そうとするイザナギに対して、イザナミは「黄泉の国」の神と相談すると言います。その時、イザナミは「私の姿を見ないように」とイザナギに約束させるのです。

でもイザナギは妻との約束をやぶって、イザナミの姿を見てしまいます。すると、その姿は蛆虫《うじ》だらけでした。驚いて逃げるイザナギを、怒ったイザナミが追いかけてきます。

一方『ねじまき鳥クロニクル』では元・宮脇さん宅の井戸に降り、そこから異界に入って闘っている「僕」が「君を連れて帰る」と妻・クミコに言う場面があります。さらに、暗闇の中にいるクミコから、懐中電灯で「私の顔を照らさないってちゃんと言ってくれる？」と約束させられる場面まであります。「僕」は「君の顔を照らさない。約束する」と断言するのですが、これらはみなイザナギイザナミ神話と対応した場面です。

『海辺のカフカ』には、「高松」の神社で拾った「入り口の石」というものが出てきます。カーネル・サンダーズと『雨月物語』のことを話した星野青年が、カーネルに導かれて、「高松」の神社に行くと、樫の木の下に小さな祠があります。その中をカーネルが懐中電灯で照らすと、古びた丸い石があって、星野青年が拾うのです。

それが「入り口の石」です。この石が非常に不思議な石で、動かそうとすると、たいへんな重さとなっています。でも怪力の星野青年が渾身の力で「入り口の石」をひっくり返すと「入り口」が開くのです。

何の「入り口」なのか、もう余分な説明は必要ないかもしれませんが、この世の「生の世界」から、あの世の「死者の世界」「霊魂の世界」への「入り口」です。その「入り口の石」が「高松」にあるのです。

「入り口の石」が開けられると、「僕」のほうが森の中に入っていって、そこで、佐伯さんという甲村記念図書館の責任者の女性と出会います。その時、現実の佐伯さんは既に死んでいるのですが、森の中の佐伯さんは十五歳の少女です。

つまり「入り口の石」の蓋を開けて、入っていった世界は、時間も空間もねじ曲がった「死者の世界」「霊魂の世界」なのです。

そして、「僕」がその「死者の世界」「霊魂の世界」から「生の世界」に戻ってくる時に、ナカタさんも死んでしまいます。

そのナカタさんの死体の口から、ぬめぬめと、白く光る物体が出てくる場面がありますが、これがなかなかリアルで気持ち悪いですね。こんなことを書ける村上春樹の文章力にはすごいものがあると思います。

ぬめぬめとした、白く光る物体を星野青年は刺身包丁で何度も刺しますが、何の手応えもなく、ずるずるとナカタさんの口から、外に出続けています。ところが星野青年がまた全力を尽くして、重たい「入り口の石」をひっくり返すと、その物体を意外と簡単に片づけることができたのです。

『古事記』には「千引《ちびき》の岩」というものが出てきますが、これが「入り口の石」に対応しているのでしょう。蛆虫だらけのイザナミの姿に驚いて逃げるイザナギを、怒った妻のイザナミの追っ手が追いかけてきます。

イザナギは黄泉比良坂《よもつひらさか》という坂の途中に千人がかりでも動かないような大岩を置いて、ようやく追っ手を振りきるのです。それが「千引の岩」です。その大岩が「生の世界」と「死者の世界」「霊魂の世界」との境界線です。

「僕」は冥界である森の中で、少女の佐伯さんと会った後、二人の兵隊に守られて「入り口」(帰りは出口ですが)までやってきます。すると兵隊が「ここをいったん離れたら、目的地に着くまで、君は二度とうしろを振りかえっちゃいけないよ」などと言います。そして「僕」は「わかりました」と約束をします。

つまり『海辺のカフカ』のこの場面もまた『古事記』のイザナギイザナミ神話の反映でしょう。でもギリシャ神話のオルフェウスの神話も、この神話と非常によく似た話ですので、村上春樹が東西の神話をよく意識して書いている場面だとも言えます。

ともかく、そんな「死者の世界」「霊魂の世界」への「入り口」が「四国」であり、「香川県」であり、「高松」なのです。

さて『海辺のカフカ』の「僕」は「死者の世界」「霊魂の世界」で、十五歳の佐伯さんと出会います。その佐伯さんは「僕」にこう言います。「あなたに私のことを覚えていてほしいの」。

これって、前章で紹介した『ノルウェイの森』の自殺してしまう直子やレイコさんの言葉とそっくりですね。同作の冒頭、直子は繰り返し「私のことを覚えていてほしいの」と言います。また最後のほうではレイコさんも「僕」に「私のこと忘れないでね」と、まったく同じ意味のことを言うのです。

同じことを言う佐伯さんは『海辺のカフカ』の中でもはっきり書かれていますが、既に死者です。この関係を見ても「レイコさん」が死んだ直子のお化けであり、その直子の「レイコン」(霊魂)であることがわかっていただけるのではないかと思います。

『ノルウェイの森』の最後、直子の霊魂である「レイコさん」が「辛いだろうけれど強くなりなさい。もっと成長して大人になりなさい。私はあなたにそれを言うために寮を出てわざわざここまで来たのよ」と言います。

『海辺のカフカ』の最後には、既に死者である佐伯さんが「もとの場所に戻って、そして生きつづけなさい」と「僕」に言います。すると「入り口」を通って「生の世界」に出てきた「僕」に、甲村記念図書館の大島さんが「君は成長したみたいだ」と言うのです。

日本人には「霊魂の世界」「死者の世界」が身近に存在していますが、その我々の日常の生の近くにある「霊魂の世界」「死者の世界」（忘れられない記憶・忘れてはならない記憶）と交わり、主人公が成長していくというのが、村上作品の特徴で、いずれもそのことがよく表れている場面だと思います。

「辺境」であり、「近境」

さてさて、前章から続くテーマの出発点である、「旭川」の話に戻りましょう。

私は「旭川」も「高松」も村上作品の中で「死者の世界」「霊魂の世界」と繋がる場所、「死者の世界」「霊魂の世界」への「入り口」の場所であると思っています。

ではなぜ「旭川」と「四国」「香川県」「高松」が「死者の世界」「霊魂の世界」に繋がる場所なのでしょう。

『海辺のカフカ』の冒頭、「僕」が四国に向かう場面では、こんなことが書かれています。

四国はなぜか僕が向かうべき土地であるように思える。何度見ても、いや見るたびにますます強く、その場所は僕をひきつける。東京よりずっと南にあり、本土から海によって隔てられ、気候も温暖だ。

この中で最も重要な言葉は「本土から海によって隔てられ」ているということでしょう。また星野青年がナカタさんに「入り口の石」を探すために、どうして四国に来なくてはいけなかったのかを問う場面では、ナカタさんが「大きな橋を渡ってくることが必要だったのです」と答えています。

ですから「北海道」の「旭川」も「四国」「香川県」の「高松」も、本土から隔てられている、つまり一般的な「日本」とは異なる地だということを村上春樹は述べようとしているのではないでしょうか。

何しろ讃岐は崇徳院の配流の地です。島流しの地なのです。最初のほうで紹介したエッセイ集『辺境・近境』の中に、なぜ「讃岐・超ディープうどん紀行」という文章が入っているのか、という問題も讃岐（香川県）が崇徳院の配流の地であることを考えれば、よくわかります。「配流の地」ならば「辺境」ですし、「死者の世界」への「入り口の地」であり、「霊魂の世界」が近い土地ならば、それは同時に「近境」でもあるのです。

近代日本の落とし穴

最後に、前章の初めに紹介した問題、つまりレイコさんが「旭川」について「あそこなんだか作りそこねた落とし穴みたいなところじゃない？」と言うことについて考えてみなくてはなりません。なぜ旭川が「作りそこねた落とし穴みたいなところ」なのかを。

「四国」や「高松」は古代神話まで繋がるような「落とし穴」「入り口」です。でも「旭川」は古代神話にまで繋がるような「落とし穴」「入り口」として、村上作品の中で記されているわけではありません。

むしろ近代日本の戦争の「死者の世界」「霊魂の世界」に繋がる「落とし穴」「入り口」として描かれていると思います。

村上春樹の作品は、戦争を繰り返してきた近代日本への強い批判を常にどこかに秘めながら書かれています。村上春樹が自分にとって永遠のヒーローであると考える「羊男」は近代日本の中での戦争忌避者でした。

『羊をめぐる冒険』の「僕」と「羊男」との会話によると、「羊男」は「十二滝町」の生まれのようです。「羊男」は、その「十二滝町」のさらに山の上の古い牧場跡に住んでいるのですが、下の町は「好きじゃないよ。兵隊でいっぱいだからね」と語っています。その「十二滝町」に至る「入り口」の街としてあるのが「旭川」です。ですから「旭川」は近代日本の戦争の「死者の世界」「霊魂の世界」に繋がる「落とし穴」「入り口」として描かれているのではないかと思うのです。

つまり「作りそこねた」とは「作りそこねた近代日本」のことではないでしょうか。「作りそこねた（近代日本の）落とし穴（入り口）みたい」とレイコさんが言っているのだと、私は思います。

さて、レイコさんは、レイコン、霊魂、直子のお化けであると前章から書いてきました。なぜなら、レイコさんは、死んだ直子の洋服を着て、「棺桶みたいな電車」である新幹線に乗って、東京の「僕」に会いに来るからです。そして「旭川」に旅立って行きます。

そのレイコさんはサナトリウムに入る前には結婚をしていました。彼女の結婚相手の実家は「四国の田舎の旧家」とのことです。

ですからレイコさんは「霊魂の世界」への「入り口」である「四国」（死国）と繋がりがある人で、「霊魂の世界」のような京都のサナトリウムからやってきて、僕と四回（死回・死界）交わり、「霊魂の世界」の「入り口」である「旭川」に向かう人です。つまり「四国」と「旭川」を結ぶ人でもあるのです。

そういえば『海辺のカフカ』の甲村記念図書館も「高松市の郊外に、旧家のお金持ちが自宅の書庫を改築してつくった私立図書館」でした。四国の田舎の旧家と高松市の郊外の旧家。両者は同じものではないでしょうが、でもどこか繋がっていくような感覚もありますね。

第7章

朗読の力、村上春樹を聴く体験

松たか子さんによる「かえるくん、東京を救う」など

朗読で聴く刷新体験

今年（二〇一二年）の正月、ＮＨＫのラジオ第2で「特集　村上春樹を読む」が、元旦から五日連続で放送されました。ラジオ第2で二十年以上も続いている「朗読」の特番ということのようです。

朗読された作品は「かえるくん、東京を救う」「七番目の男」「蜂蜜パイ」の三作。朗読は女優の松たか子さんでした。私も元日の朝から、起きて聴きましたが、この朗読がとてもよかった。文字で読むのとは違って、朗読で聴いて、えっと思ったり、なるほどと思ったりしたことがありました。ここではこのＮＨＫラジオ第２「特集　村上春樹を読む」を聴いて感じた「朗読の力」について考えてみたいと思います。

放送された三作はいずれも、二〇一一年の東日本大震災を意識した、震災や災害に関する短編小説でした。首都直下型大地震を阻止するために闘う蛙《かえる》を描いた「かえるくん、東京を救う」と、震災以降の自分と愛する人たちとの心の再生、復興の祈りと誓いが込められたような「蜂蜜パイ」は、いずれも神戸の阪神大震災を受けて書かれた連作短編集『神の子どもたちはみな踊る』（二〇〇〇年）に入っています。

「七番目の男」は、短編集『レキシントンの幽霊』（一九九六年）に入っています。台風による大波に友だちがさらわれてしまい、自分が見殺しにしたと悩む主人公が、長い時間を経て罪の意識から解放されていく話です。

本書の第2章で『おおきなかぶ、むずかしいアボカド　村上ラヂオ2』のことを紹介しました。

その中に「太宰治は好きですか？」というエッセイがあって、そこに「僕はここのところ、朗読された太宰の作品をｉＰｏｄにダウンロードして、旅行の車中なんかでちょくちょく聴いています」と記されています。

このエッセイによると村上春樹は、

実を言うと僕は長い間、この作家が苦手だった。文体やものの見方がもうひとつ肌に馴染《なじ》まないというか、なかなか最後まで読み通せなかった。作家としての価値を否定するわけじゃなくて、ただテイストがあわないだけ。

だったそうです。しかしｉＰｏｄで聴いてみると、

肌があうとはやはり言いがたいし、ところどころ「やれやれ」とため息をついたりもするけど、活字ではなく朗読で聴いているとなぜか、話の流れをあるがまま、鷹揚に受け入れることができる。たぶんその癖のある文体が、活字を目で追うときほど直截な力を持って迫ってこないからだろう。

と、朗読で聴く、刷新体験について書いているのです。

また『村上ラヂオ』によると、村上春樹は「朝早く起きるので（普通は五時前後）、よくラジオを聴く」そうです。

普通は朝の五時前後に起きる、というのはすごいですね。冬の時期なら、まだまだ夜が明けないうちです。でも小説を書いている時には、さらに早く目が覚めることもあるようです。ともかく五時前後に起きると村上春樹は「台所でコーヒーを作ったり、パンをトーストしたりしているあいだ、だいたいＮＨＫの早朝のラジオ番組をつけている」のだそうですが、それでも「とくに熱心に喜んで聴いているというのではない。ほかにやることもないので、なんとなく聴いているわけだ」と書いてあります。もしかしたら、このＮＨＫラジオ第２での「特集　村上春樹を読む」を聴いたりもしたのでしょうか……。

まあそれはさておいて、村上春樹の太宰治作品に対する感覚が朗読によって刷新されたように、私も朗読「特集　村上春樹を読む」を聴いて、そうか……と、文字で読んでいる時には気づかなかったことが幾つか自分の中に迫ってきました。

かえるくんの自己解体の意味

例えば、それはこんなことです。

「かえるくん、東京を救う」は信用金庫の新宿支店に勤務する片桐が帰宅するところから始まります。アパートの部屋には、巨大な蛙が待っていました。二本の後ろ脚で立ちあがった背丈は二メートル以上ある蛙です。片桐のほうは身長一メートル六十センチしかなく、痩せっぽちでまったく風采の上がらない男です。

その大きな「かえるくん」が、三日後に起きる地震を防ぐため力を貸してくれと片桐に頼むのです。「とてもとても大きな地震です。地震は2月18日の朝の8時半頃に東京を襲うことになっています」と言うのです。

かえるくんによると、地震は地底にすむ巨大なみみずくんの中で長く蓄積された憎しみの力によって引き起こされます。

そして、片桐が勤務する東京安全信用金庫新宿支店の地下ボイラー室が巨大なみみずくんがすむ地下への「入り口」です。そこから縄梯子を使って地下五十メートルばかり降りると、みみずくんのいる場所にたどり着けます。二人は真夜中にボイラー室で待ち合わせて、その地下五十メートルに降り、みみずくんと闘います。

これは『ねじまき鳥クロニクル』の「僕」が元「宮脇さん」の家だった、空き家の深い空井戸に縄梯子を使って降りていき、この井戸を〝壁抜け〟のように通過して別の世界に出て、その異界の世界で闘う場面とよく似た設定ですね。

そうやって、かえるくんは片桐の協力を得て、巨大なみみずくんと引き分けに持ち込み「とてもとても大きな地震」の襲来を未然に防ぐのです。

以上の紹介だけでも、この作品が非常に象徴性の強い小説であることが、わかっていただけるかと思います。もともと文学作品というものは、いろいろな読みを許すものですし、村上春樹の小説は、ほんとうにいろいろな読みが可能なものばかりです。そして「かえるくん、東京を救う」は、さらにいろいろ読みができる小説なのです。

かえるくんは地下五十メートルの闇の中で闘うのですが、闇の世界はみみずくんに有利です。ですから片桐は運び込んだ足踏みの発電器を用いて、力のかぎり明るい光を注ぎます。『世界の終りとハードボイルド・ワンダーランド』や『海辺のカフカ』に出てくる発電所が風力発電所であり、この「かえるくん、東京を救う」の発電が「足踏みの発電器」であることなど、村上春樹の一貫したエネルギー観がよくわかったりもします。

しかし、この作品の難関は物語の最後に、地震の原因であるみみずくんのほうではなく、地震を未然に防いだかえるくんの体のほうが解体してしまうことです。体中が醜い瘤《こぶ》だらけとなり、その瘤がはじけ皮膚が飛び散り、悪臭だけの存在となり、そこからさらに蛆虫のようなものがうじゃうじゃと出てきて、もぞもぞと不気味な音を立てながら部屋中に広がっていくことです。無数の小さな虫が、蛍光灯やスタンドを覆い、明かりを遮断して、さらに片桐の体の中に侵入しようとするのです。

これはいったい何でしょう。どんなことが描かれているのでしょう。何しろ、作品の最後の場面ですから、とても気になっていました。

おそらく、この作品はこれまでに五回ぐらいは読んでいるはずですが、最後のこの部分がうまく受け取れなかったのです。でも、松たか子さんの朗読を聴いているうちに、ふっと、「もしかしたら……」というような思いが、やってきました。

巨大なみみずくんとの闘いを引き分けに持ち込んで「とてもとても大きな地震」の襲来を未然に防いだ、かえるくんは片桐にこう言います。

「ぼくは純粋なかえるくんですが、それと同時にぼくは非かえるくんの世界を表象するものでもあるんです」

「目に見えるものが本当のものとはかぎりません。ぼくの敵はぼく自身の中のぼくでもあります。ぼく自身の中には非ぼくがいます」

この部分を松たか子さんは、少しゆっくり、ややはっきりした声で読んだような気がします。

かえるくんが地下でみみずくんと闘って、巨大地震を未然に防ぐという、あり得ないがとても面白い物語の、それまでの展開が、ここにきて村上春樹の深い考えを読者に伝えようとしているのです。何度も読んでいて、ストーリーのほうはすべて知っているから、朗読のこの言葉がすっと自分の中に入ってきたのかもしれません。

これは村上春樹が「ブーメラン的思考」で書いている部分なのだと思えました。

この本の冒頭で、村上春樹独特の「ブーメラン的思考」のことを紹介しました。

ある問題を相手に対する問題として捉えるだけでなく、自分の問題として捉え直して、常に二重に考えを進めていく、という思考法です。相手に向かって投げた問題がぐるっと回って、最後に自分の問題として問われる。村上春樹の小説は、そのほとんどが、このような形をしています。私は、これを「村上春樹のブーメラン的思考」と呼んでいるのです。かえるくんは、敵であるみみずくんを打ち破るのではなく、自分の中の地震を起こすようなな何か、大きな災いを起こすようなものを打ち破らなくてはならないのです。そのように問題はブーメランのように一回りして、自分のところにやってくるのです。

何かを阻止したり、世界を新しく再編成していくには、自分の中にある、それにかかわる部分を再編成しなくてはならないのです。

相手を打ち破ったり、抹殺することで、新しい世界が出来上がる。そのように人間は考えがちですが、それでは相手と同じものが別の形で出現しただけかもしれません。

自分の中の組成が新しく組み換えられなくては、ほんとうの意味での世界の再編成はできないのではないか。おそらく村上春樹はそう考えていて、独特の「ブーメラン的思考」を展開しているのではないでしょうか。

私は、そのように村上春樹の物語を読んでいるのですが、このかえるくんの自己解体も、まさに、再編成のためのブーメラン的な解体なのだと、松たか子さんの朗読を聴くうちに、思えてきたのです。

朗読の力というのは不思議ですね。「活字ではなく朗読で聴いているとなぜか、話の流れをあるがまま、鷹揚に受け入れることができる」という朗読の力によって、「かえるくん、東京を救う」という作品が、私の中で刷新されたのです。

なぜ「七番目の男」なのか

もう一つ、朗読を聴くうちに「そういえば、何だろう？」と思ったことを書いておきたいと思います。

それは「七番目の男」の朗読を聴いていた時のことです。この作品の最後に、文章のほうでは一行分の空行の後、こうあります。

七番目の男はしばらくのあいだ、黙って一座の人々を見回していた。

この時も松たか子さんは、ほんの一瞬だけ、間を置いて読んだように記憶していますが、二行先に（もちろん朗読では行数はわからないですが……）また、こうあるのです。

人々は七番目の男の話の続きを待っていた。

つまり朗読で聴いていると、立て続けに「七番目の男」という言葉が繰り返されるような感じがするのです。

そして「七番目の男」とは、いったいどんな意味なのか？　という疑問がやってきたのです。なぜ「七番目の男」なのか、ということです。「八番目の男」ではないのか、「九番目の男」でも「十番目の男」でもないのかということです。

朗読を聴いた後も、しばらくそのことを考えていました。そして「もしかしたら」という考えが、またやってきたのです。

「七番目の男」の冒頭はこうです。

「その波が私を捉えようとしたのは、私が十歳の年の、九月の午後のことでした」と七番目の男は静かな声で切り出した。

その夜、何人かの人が話をするような会合があって、最後に七番目の男が自分の話をするのです。

「七番目の男は五十代の半ばに」見えました。彼は小さな咳払いをして自分の話を始めます。

それは男が、少年であった時代の話です。「私」が住む町に台風が来襲するのですが、台風の目に入って、一瞬強い風が静まり、「私」は親しいKと近くの海岸に出かけます。

Kは「私」より一学年下でしたが、学校に一緒に通い、学校から帰っても、いつも一緒に遊んでいたのです。

台風の目の静寂の中、そんなKと海岸まで出かけるのですが、二人が気づかない間にも波は近づいていて、ついにKは大波にさらわれてしまうのです。急いでKをつかんで逃げようと「私」は思うのですが、結局は自分一人で逃げてしまうのです。

友だちを見捨てた「私」は、海のある町に住めなくなり、長野県で暮らしています。そこから「私」が、どうやって回復してくるのかということが、描かれています。

『村上春樹全作品 1990~2000』(二〇〇三年)の村上春樹自身の解題によると「僕には実際に溺死した友だちもいる(現場には居合わせなかったが)」とあります。

この言葉に対応するように、短編「5月の海岸線」にも「僕」が六歳のころ、友人が「集中豪雨で増水した川に呑まれて死んだ」ことが出てきます。

そしてこの「七番目の男」という作品は阪神大震災があり、村上春樹が米国から帰国した後、まもなく書かれた作品です。おそらく台風と地震という自然災害が、村上春樹の中では、どこか結びついて考えられているのでしょう。

東日本大震災について語って話題となったカタルーニャ国際賞の受賞スピーチでも、「日本人であるということは、多くの自然災害と一緒に生きていくことを意味しているようです。日本の国土の大部分は、夏から秋にかけて、台風の通り道になります。毎年必ず大きな被害が出て、多くの人命が失われます」という言葉がありました。

さらに『村上ラヂオ』の中の「かなり問題がある」というエッセイの中にも、台風と地震についてのこんな表現があります。

デビュー作『風の歌を聴け』が群像新人賞を受けた際に、出版社に挨拶に行くと「君の小説にはかなり問題があるが、まあ、がんばりなさい」と言われたことから、エッセイのタイトルがとられています。その時は、内心かなり怒ったようですが、時がたつうちにこんな心境になってきたそうです。

> 僕という人間にも、僕の書く小説にも、かなり問題があった（そして今でもある）ことは確かだという気がしてくる。だとしたら、かなり問題を抱えた人間がかなり問題を抱えた小説を書いているんだもの、誰に後ろ指をさされてもしょうがないよな、と思う。（……）不適切なたとえかもしれないが、台風や地震がみんなに迷惑がられても、「しょーがねーだろ。もともとそれが台風（地震）なんだからさ」と言うしかないのと同じことだ。

ここでも台風と地震とが、村上春樹の中で結びついていることが、よくわかります。

さてさて、ちょっと横道にそれました。

そこでなぜ「七番目の男」なのかです。

台風のきた日の事件から、四十年がたち、「私」はKが得意だった絵を見ます。かつてKが描いた水彩画を見るのです。それは実に優しい絵でした。自分が見殺しにしたKが恨んでいるように感じていたのは、自分の心の中の深い恐怖の投影にすぎなかったのではないか。そんなふうに思わせるような穏やかな絵だったのです。

これがきっかけとなり、「私」は、昔、Kと遊んだ町を訪れて、海とKと和解するのです。

さて、同作の冒頭部にも三回ほど「七番目の男」という言葉が出てきます。これは物語の立ち上がりの部分なので気にならなかったのですが、「私」の語りが終わりかけたところに、また「七番目の男」という言葉が繰り返されるのです。

なぜ「私」は「七番目の男」なのか。そう考えてみると、確かに不思議なタイトルです。「もしかしたら……」と思って、朗読を聴いた後、読み返してみたのです。

紹介したように、この作品の冒頭は

「その波が私を捉えようとしたのは、私が十歳の年の、九月の午後のことでした」と七番目の男は静かな声で切り出した。

と、始まっています。この書き出しの部分には、数字の「十」「九」「七」を含んで記されていますが、なぜか（偶然かもしれませんが）「八」だけがありません。

本書でも繰り返し指摘していますが、村上春樹にとって「四」という数字は「死」と繋がる霊数です。

この「七番目の男」は「四十三」番目の男ということではないでしょうか。「四」とは死んだKのことです。「三」は「四」（死）の直前の数字です。自分の中に友人Kの「四」（死）を含み、自分も「四」（死）の直前まで行った男。それが、「七番目の男」なのではないでしょうか。

「七番目の男」は「八番目の男」とはならずに、「四」（死）の近くまで行って、「生」の世界に戻ってきたのです。

村上春樹も「七番目の男」の冒頭近くで「彼がその夜に話をすることになっていた最後の人物だった」と書いています。

つまり「八番目の男」の話はないのです。自分の中に一人の男の「四」（死）を含み、「四」（死）の直前まで行ったが、そこから「生」の側に戻ってきた男の話が、最後に用意されていたのです。

恐怖を乗り越える

その「生」の側に戻れる力は何なのか。それは恐怖を乗り越えるということだと思います。

「七番目の男」は、

「自分が最後にこうして救われ、回復を遂げたことに、私は感謝しております。そうです。救いを受けないまま、恐怖の暗がりの中で悲鳴を発しながらこの人生を終えてしまう可能性だって、じゅうぶんあったのです」

という言葉で語りを終えています。「かえるくん、東京を救う」では、

「ニーチェが言っているように、最高の善なる悟性とは、恐怖を持たぬことです。片桐さんにやってほしいのは、まっすぐな勇気を分け与えてくれることです。友だちとして、ぼくを心から支えようとしてくれることです」

と、かえるくんも言っています。

両者とも、自分の中の暗闇での闘いと、恐怖との闘いについて話しています。この「恐怖との闘い」は村上春樹作品の中心をなすものです。でもそれについてはまた別の機会に書いてみたいと思います。

最後に、松たか子さんの朗読の素晴らしさについて、述べておきましょう。

松たか子さんの朗読は癖のないナチュラルな読みなのに、ふっと高まる一瞬を意識して、しかも静かに語るという非常に見事なものでした。

実は収録の合間に、松たか子さんに話を聞ける機会がありました。本格的な朗読は初めてという松さんは、このように語っていました。

「距離感があまり遠くになりすぎないように、上から目線になるわけでもないし、へりくだるわけでもなく、すごく力の抜けた視線で読めたらと思いました。うねりというのか、お話がたんたんとして進んでいるようで、いきなり展開したりするようなところが、今回の三作には、みなあるので、話のうねりみたいなものは意識しながら、読めたらいいなと思っています」

さらに朗読した村上春樹作品について、こう語っていたのも、とても印象的でした。

「『かえるくん、東京を救う』のように現実をコミカルに飛び越えたようなお話の中で、ふっと勇気や正義とかをさりげなく伝えるお話とか、お互いに利害関係のない、ただそこにいて、そこで見守り支えるという友情はすごく魅力的だと思う。純粋な友情とか、少年時代のピュアな感情とか、あきらめないで、その人にまだあるということを、聴いた人が思ってくれたらいいなと思います。また、いろんなものを無くした時に、何が残るのだろうということをすごく考えさせる短編だと思いました」

この朗読、もう一度聴きたいと思っていたら、今秋再放送がありました。松たか子さんは、長編では『海辺のカフカ』が好きだそうです。松さんによる、村上春樹の長編の朗読も聴いてみたいと思いました。

第8章

読者を引っ張る「リーダブル」という力

「桃子」と「緑」から考える

「緑」、「桃子」、「ピンクの女の子」

村上春樹作品の特徴の一つに「リーダブル」ということがあります。ともかく最後まで読めてしまうということです。

私の昔からの知り合いにも、村上春樹作品があまり好きでないと言いながら、いったん読み始めると最後まで読んでしまい、最後まで読んだことを少し悔いているような不思議な読者もいます。でもそんな読者でも、最後まで引っ張っていく「リーダブル」という力が、村上春樹の作品にはあるのです。この章では、村上作品のその「リーダブル」ということについて、考えてみたいと思います。

『ノルウェイの森』に「直子」と「緑」という対照的な女性が登場します。

「直子」のほうは、「僕」の死んだ友人の恋人だった女性です。ビートルズの「ノルウェイの森」が好きな「直子」は、最後に森の奥で自殺してしまいます。

「緑」は「僕」と同じ大学に通う、まるで「春を迎えて世界にとびだしたばかりの小動物のように瑞々しい生命感」に満ちた女性です。

『ノルウェイの森』を読んだ人は多いと思いますが、その「緑」にお姉さんがいることを覚えていますか？

映画になった『ノルウェイの森』を観ていたら、「僕」が「緑」の家を訪ねると、家には「緑」以外は誰もいなくて、「緑」が家族のことを話す場面がありました。

「緑」は「お姉さんは婚約者とデートをしてる」と話していますし、「僕」からの電話に「緑」が出ないので、その電話に出なくていいの？　と、お姉さんが言う場面もありました。お姉さんは、声だけの出演ですが。

小説のほうでは、「僕」と「緑」が初めて会話するところで、「緑」がお姉さんのことを話しています。それはこんな場面です。

「僕」が大学から近い小さなレストランでオムレツとサラダを食べていると、「緑」も同じレストランに来ています。

そこで「緑」が「緑色は好き？」と「僕」に聞くのです。緑色のポロシャツを「僕」が着ていたからです。


「私ね、ミドリっていう名前なの。それなのに全然緑色が似合わないの。変でしょ。そんなのひどいと思わない？　まるで呪われた人生じゃない、これじゃ。ねえ、私のお姉さん桃子っていうのよ。おかしくない？」

「それでお姉さんはピンク似合う？」

「それがものすごくよく似合うの。ピンクを着るために生まれてきたような人ね。ふん、まったく不公平なんだから」


つまり「緑」の姉の名が「桃子」なのです。

私が村上春樹作品の「リーダブル」ということについて考え始めたのは、この場面からです。「緑」の姉が「桃子」。「桃子」の妹が「緑」なのか……と。

村上春樹を初めて取材したのは『ノルウェイの森』の一つ前の長編『世界の終りとハードボイルド・ワンダーランド』が刊行された時でした。

その本は（現在出ている版は異なりますが）箱もピンクが基調で、箱から取り出すと、全身ピンク色でした。

何しろ最初にインタビューした作品ですので、村上春樹というと、このピンクの本を持ち歩いて、読んでいた感覚をまず思い出します。

当時、新潮社の看板シリーズだった「純文学書下ろし特別作品」の一冊で、六百ページ以上あって、手に持ってしばらく読んでいると重たくなってくる感覚が忘れられません。布張りで、箱入り。村上春樹の本の中では一番、立派な造本ではないかと思います。

この本の中にピンクのスーツが似合う十七歳の女の子が出てきます。太ってはいますが、活発で魅力的な女の子です。

主人公の「私」が、その子と地下の世界に降りて、二人で唄を歌いながら、地底を行く場面があるのですが、そこでピンクのスーツの似合う女の子が『自転車の唄』というものを歌います。

四月の朝に
私は自転車にのって
知らない道を
森へと向った
買ったばかりの自転車
色はピンク
ハンドルもサドルも
みんなピンク

ブレーキのゴムさえ
やはりピンク

そんな歌い出しです。「なんだか君自身の唄みたいだな」と主人公の「私」が言うと「そうよ、もちろん。私自身の唄よ」と彼女が言います。

「気に入った?」と聞かれて、「私」も「気に入ったね」と言います。さらに、

四月の朝に
似合うのはピンク
それ以外の色は
まるでだめ
買ったばかりの自転車
靴もピンク
帽子もセーターも
みんなピンク
ズボンも下着も

やはりピンク

と続いていく、実に楽しい唄です。
『世界の終りとハードボイルド・ワンダーランド』のピンク一色の装丁が、ピンクの女の子の存在と、この唄からできていることは間違いないでしょう。何しろこの本に付いているしおりの紐糸（スピン）までピンクなのです。唄のように言えば、こうです。

箱もピンク
本もみんなピンク
しおりもやはりピンク

『世界の終りとハードボイルド・ワンダーランド』という作品は、開放系の「ハードボイルド・ワンダーランド」の話と、閉鎖系の「世界の終り」の話が交互に展開する長編ですが、ピンクのスーツが似合う十七歳の女の子は「ハードボイルド・ワンダーランド」のほうに出てきます。

よみがえった「志のある失敗作」

村上春樹には「街と、その不確かな壁」という「文學界」（一九八〇年九月号）に掲載された中編小説があって、これは村上春樹自身が「志のある失敗作」として、かなり長い作品なのに唯一、単行本に収録していない小説としてファンの間では知られています。

そして『世界の終りとハードボイルド・ワンダーランド』の「世界の終り」のほうは、この「街と、その不確かな壁」を基にして書き直された部分です。

つまり村上春樹が「志のある失敗作」を、作品として生き返らせるために書き直した長編が『世界の終りとハードボイルド・ワンダーランド』なのです。

この作品で、村上春樹は戦後生まれとして初めての谷崎潤一郎賞を受賞しました。その時もインタビューをしたので、私は短期間に二回、この作品を読むことになったのですが、二度目に読んだ時に、このピンクの女の子のおかげで『世界の終りとハードボイルド・ワンダーランド』が成功作となっているのだと思いました。

村上春樹の言う「志のある失敗作」とは、どんなことかと考えてみると、「リーダブルでない」ということではないかと私は思います。

「街と、その不確かな壁」は決して悪い作品ではありませんが、読んでいると、少し目が詰まってくるというか、息が抜けないというか、作品世界が、重たく感じられてきます。『世界の終りとハードボイルド・ワンダーランド』のほうは、この闊達で魅力的なピンクの女の子の登場を楽しみに読み進めていくと、作品のもともとのテーマである「世界の終り」のほうの話をじっくり読んでしまいます。

「世界の終り」は、主人公の「僕」をはじめとする人々が高い壁に囲まれた不思議な街に住んでいる世界です。人々は街に入る時に、門の所で自分の「影」を切り離し、門番に預けます。それと引き換えに、人々は安らぎに満ちた生活を街で送ることができるのです。

そんな世界は、ほんとうに生きるべき価値がある世界なのか。いやその世界を、生きる価値ある世界にするためには何が大切なのか。そんなことが問われる話ですので、読み進めるうちに、話がだんだん重たくなってきます。

するとまた物語世界に、みんなピンクの女の子が救助にやってきてくれるのです。彼女の明るさ、楽しさの力で、読者はついついつい大団円まで読んでしまうのです。

読むという行為は、たいへんエネルギーが要ることですし、このせわしない時代、最後まで作品にタッチしながら読めるという小説はそんなに多くはないと思います。でも、このピンクの女の子のような力もあって、村上春樹の作品は「つい最後まで読んでしまう」のです。

『世界の終りとハードボイルド・ワンダーランド』のピンクの本を手にすると、作品を成功に導いた、ピンクの女の子のことを思い出します。その記念のようにして、あのピンク一色の本があるように感じられてくるのです。

一番描きたい部分

その「ピンク」がものすごくよく似合って、「ピンクを着るために生まれてきたような人」の妹が「緑」なのです。

「緑」も『世界の終りとハードボイルド・ワンダーランド』のピンクの女の子と同じ役割を、『ノルウェイの森』の中で果たしているということなのではないでしょうか。

『ノルウェイの森』は、とても不思議な小説です。

最後に自殺してしまう「直子」と、活発で魅力的な「緑」との間を主人公の「僕」が往還しながら、最後に「僕は緑に電話をかけ、君とどうしても話がしたいんだ」という場面で終わる物語です。

なのに、それから十八年後の回想から始まる冒頭まで戻って、再読してみると、あの活発で魅力的な「緑」のことは、一言も書かれていないのです。なぜでしょうか？

『ノルウェイの森』の冒頭に、「直子」のことを「僕」が回想する場面があり、その最後にこう書かれています。

もっと昔、僕がまだ若く、その記憶がずっと鮮明だったころ、僕は直子について書いてみようと試みたことが何度かある。でもそのときは一行たりとも書くことができなかった。その最初の一行さえ出てくれば、あとは何もかもすらすらと書いてしまえるだろうということはよくわかっていたのだけれど、その一行がどうしても出てこなかったのだ。

この部分を読むと「街と、その不確かな壁」を、自ら「志のある失敗作」として『世界の終りとハードボイルド・ワンダーランド』を書いた村上春樹のことを思うのです。『ノルウェイの森』の「直子」のことを、必ずしも実在の人間と考える必要はないと思います。でも村上春樹が書きたかったことは、この「直子」のことなのです。「直子」のことを考えることが、『ノルウェイの森』のことを考えることなのだと思います。

「直子」は最後に自殺してしまう、死の世界の人です。その「直子」の話だけを読むのは、ちょっとつらいでしょう。

だから、活発で魅力的な「緑」が『世界の終りとハードボイルド・ワンダーランド』の「ピンクの女の子」のように、『ノルウェイの森』を「リーダブル」な長編とするために、生み出されたのではないでしょうか。

『ノルウェイの森』の上巻の最後のほうに、こんな場面があります。


「もう少し明るい話をしない?」と直子が言った。

でも僕には明るい話の持ちあわせがなかった。突撃隊がいてくれたらなあと僕は残念に思った。あいつさえいれば次々にエピソードが生まれ、そしてその話さえしていればみんなが楽しい気持になれるのに、と。


「突撃隊」は学生寮に生活している「僕」の同室の学生のことですが、彼は「ある国立大学で地理学を専攻」しています。そして「緑」もアルバイトで「地図の解説を書いて」います。その「緑」が『ノルウェイの森』に登場すると、バトンタッチをするように「突撃隊」は物語から消えていきます。まるで「明るい話」は「緑」に任せたという具合に、です。

この『ノルウェイの森』という作品は、短編「螢」を長編化したものですが、「螢」にも「僕」と学生寮で同居する地理学専攻の学生が出てきます。彼は毎朝のラジオ体操で、僕を悩ませるやつです。

「直子」に相当する女性は、「彼女」という呼び方で登場してくるのですが、その「螢」の中に、こんなところがあります。

僕が同居人と彼のラジオ体操の話をすると、彼女はくすくす笑った。笑い話のつもりではなかったのだけれど、結局は僕も笑った。彼女の笑顔を見るのは——それはほんの一瞬のうちに消えてしまったのだけれど——本当に久し振りだった。

「もう少し明るい話をしない？」という「直子」の発言は、この場面とも対応しているのでしょう。

愉快な「同居人」（突撃隊）と「緑」と「ピンクの女の子」が、私の中では一つに繋がっています。

村上春樹の作品の一番描きたい部分、つまり「直子」や「世界の終り」の部分を「リーダブル」にするという役割を担っているような気がするのです。村上春樹という作家は、そのことが自分で、とてもよくわかって書いているのだと私には思えるのです。これが「最後まで読めてしまう」秘密でしょう。

「緑」の名誉のために、最後に加えておきますと、あの「緑」の生命力あふれた魅力は、私が考えているような誕生の経緯を超えて、とても生き生きと輝いていて、『ノルウェイの森』という作品を大きく広げていると思います。

『ノルウェイの森』でも、村上春樹をインタビューしたことがあるのですが、それは、あの有名な装丁がまだ出来ていない段階でした。

後日、「赤」と「緑」のシンプルな装丁の『ノルウェイの森』を手にした時の、驚きのようなものは忘れることができません。何しろ最初に取材したのが「ピンク」の本だったのですから。

その『ノルウェイの森』の装丁の「赤」と「緑」についてのことなどは、次の章で別の角度から記してみたいと思います。

第9章

非常に近い「死」と「生」の世界

『ノルウェイの森』の装丁の意味

生命力の「赤」、死の「緑」

村上春樹は作中にも、装丁にも色（カラー）を幾つも配置して書いていく作家です。彼の作品や装丁に示される色はどんな意味を持っているのでしょうか。この問題を、私が意識的に考えるようになったのは『ノルウェイの森』の装丁を手にした時からです。

そして、村上春樹作品の内容を理解していくときに、一番わかりやすい入り口が、この『ノルウェイの森』の装丁のことではないかと私は思っています。ですから、ここで『ノルウェイの森』の装丁について、私なりの考えを示しておきたいと思うのです。

この装丁はあまりに有名ですが、上巻が赤、下巻が緑というとてもシンプルなものです。

前章でも述べましたが、私が『ノルウェイの森』で、村上春樹にインタビューしたのは、まだこの本の装丁が出来上がっていない段階でした。その後、この「赤」と「緑」の上下本を手にした時の不思議な感覚は忘れることができません。『ノルウェイの森』の前の長編『世界の終りとハードボイルド・ワンダーランド』の装丁がピンク一色で、それに続く長編が「赤」

と「緑」という装丁だったわけです。しかもその『ノルウェイの森』の装丁は、村上春樹が自ら手がけたものでした。

紹介したように『世界の終りとハードボイルド・ワンダーランド』のピンク一色の装丁については「この作品を成功に導いたピンクのスーツの似合う女の子の活躍の記念碑としてあるのだろう」と受け取ることができましたが、ならば、この『ノルウェイの森』の「赤」と「緑」の装丁は、どのような意味を持っているのだろうか。しかも村上春樹自身がその装丁を手がけているとすれば、そこには、さらに深い意味が込められているのではないだろうか。

そんなことを思いながら、インタビュー記事を書いていたのです。

『ノルウェイの森』には、ビートルズの「ノルウェイの森」が好きで、最後に森の奥で自殺してしまう「直子」という女性が出てきます。その「直子」のことに触れながら、この本の「赤」と「緑」の装丁について、インタビュー記事の中で、次のように書きました。

著者自ら装丁したというこの本は、上巻が血を思わせる濃い赤。下巻は直子が死んだ森を思わせる深い緑。そして本文中に唯一ゴシックで書かれた「死は生の対極としてではなく、その一部として存在している」という一文を反映するように、上下巻のタイトルはそれぞれ逆の色で表紙に刷り込まれている。

二十五年も前に書いた自分の記事を引用するのも、なつかしくもあり、また不思議な気持ちでもありますが、「赤」と「緑」の『ノルウェイの森』の装丁についての私の考察は、この時、記したことから基本的に変化していません。

この装丁に使われた「赤」と「緑」は、村上春樹が初期から、一貫してこだわっている色です。例えば初期三部作の『羊をめぐる冒険』の最後にはこんな言葉があります。

「緑のコードは緑のコードに……赤のコードは赤のコードに……」

さらに、『海辺のカフカ』には、こう記されています。

「緑は森の色だ。そして赤は血の色だ」

こう書かれているように、「赤」は血の色、「緑」は森の色ですが、この『ノルウェイの森』の「赤」も血のような「生命力」を表していて、「緑」のほうは直子が死んだ森の色、つまり「死」を表していると、私は考えています。

インタビュー記事の中でも触れていますが、『ノルウェイの森』の装丁をよく見てみると、その上巻は全体が赤の中に、タイトルと著者名だけが緑になっています。逆に下巻のほうは全体が緑の中に、タイトルと著者名だけが赤になっています。

そして、この本の中で、唯一、ゴシック体で印刷された「死は生の対極としてではなく、その一部として存在している」という言葉に「赤」と「緑」の意味を当てはめてみると、上巻は「死（緑）は生（赤）の対極としてではなく、その一部として存在している」という装丁になっています。

つまり、このゴシック体で印刷された言葉が、そのまま『ノルウェイの森』の上巻の装丁に表現されているのです。ですから、下巻のほうは「生（赤）は死（緑）の対極としてではなく、その一部として存在している」となります。

日本人と異界の近さ

では、村上春樹は「死は生の対極としてではなく、その一部として存在している」という言葉と、それを表現した装丁で、いったいどんなことを伝えたいのでしょうか。

それは、つまり「死」の世界と「生」の世界が非常に近いということです。日本人は「死」と「生」が非常に近い世界を生きているということだと思います。

そして、この「死」と「生」の世界が、非常に近いということが、村上春樹作品の最大の特徴でもあるのです。

「死」の世界や霊的存在、異界的存在、お化けのようなものと、「生」の世界が日本人は非常に近い。その「死」の世界と「生」の世界の近さを描くのが村上春樹作品だと言われても、ちょっと簡単には理解できないかもしれません。

そこでわかりやすい例を一つだけ挙げてみましょう。前にも紹介した『海辺のカフカ』の星野青年とケンタッキーフライドチキンの前に立つ白いスーツ姿の人形、カーネル・サンダーズとの対話の場面がそれです。

カーネル・サンダーズはポン引きで、「ホシノちゃん、ホシノちゃん」「いい女の子がいるよ」と声をかけてくるのですが、それに対して星野青年のほうも「ふうん」「なるほど。おじさん客引きなんだ」と平気で会話をしています。

星野青年は、この幽霊のようなもの、ケンタッキーフライドチキンの人形、カーネル・サンダーズが話しかけてくるという異界との突然の遭遇に、驚くこともないのです。

歩き、話すカーネル・サンダーズは明らかに幽霊のような存在、お化けのような存在ですが、そういうものと出会っても、あまり驚かないのが日本人で、そんな日本人の一人として、星野青年もカーネル・サンダーズと『雨月物語』の話をしたり、とびっきりの女を紹介してもらったりしています。つまりこんな奇妙な場面を、何となくすんなり受け入れてしまうところが日本人にはあるのです。そして、その近さをよく知って物語を書いているのが、村上春樹なのです。

「緑色」の似合わない「ミドリ」

さて、そこで『ノルウェイの森』の表紙の色の話に戻りますと、この物語には「春を迎えて世界にとびだしたばかりの小動物のように瑞々しい生命感」を持った「緑」という女の子が出てきます。つまり「死」の象徴である森の色が、「生」のかたまりのような女性の名前に付けられているのです。

そして「直子」の恋人で「僕」の高校時代の友人だったキズキという男の子が赤いホンダN360の中で自殺しています。映画『ノルウェイの森』は、排気ガスを自動車内に引き込んでキズキが死ぬ場面から始まっていますが、そのことです。

このため「赤」のほうが「死」の色で、生命力あふれる「緑」のほうが「生」の色だと考える人もいます。こういう反転がいくつも書かれているのが、村上春樹作品の特徴なのですが、この「赤」＝「死」、「緑」＝「生」という考えに従えば、下巻の装丁のほうが「死（赤）

は生（緑）の対極としてではなく、その一部として存在している」を表していることになります。

ただ、私の考えをもう少し加えておきますと、村上春樹にとって、「森」という場所は「死」や「霊魂」「記憶」などがある、混沌とした世界です。その「森」を表す緑色は、作中で「死」「霊魂」に近い色として使われていることが多いと思います。

例えば前章でも紹介しましたが、『ノルウェイの森』の第四章に、「緑」と「僕」が初めて、大学のキャンパスで会話する場面があります。ここで「僕」は緑色のポロシャツを着ています。それを見て「緑」が「緑色は好き？」と質問をするのです。それに対して「僕」は「とくに好きなわけじゃない」と答えています。

この時、「僕」は金沢から能登半島を回って新潟まで、二週間ぐらいの一人旅から帰ってきたばかりです。『ノルウェイの森』の終盤で、「直子」が死んでしまった後、やはり「僕」が山陰のほうまで一人旅に出る場面があります。その二回の「僕」の一人旅が、作中で対応している場面です。後者のほうは、映画『ノルウェイの森』でも出てきましたね。

でもこれらの一人旅について、「緑」と「僕」が出会う直前の、最初の一人旅の時点で、実はもう「直子」は死んでいたのではないか。そのことを村上春樹は記しているのではないか、という指摘もあります。（加藤典洋著『村上春樹　イエローページ』の中で、そのよう

な考えが提出されています)

確かに、そのように読むことも可能な場面です。もしそうであれば、「直子」の死の直後になるので、緑色のポロシャツが「死」や「霊魂」と近い色としてあるということになります。

また、そういうふうに読まなくても、つまり普通に読んでも、この場面で「僕」が身に着けている「緑色」は、生命力の側を表すような記述にはなっていないと思います。

二週間ぐらいの一人旅から帰ってきたばかりの「僕」は「孤独が好きなの?」と「緑」に問われて、「無理に友だちを作らないだけだよ。そんなことしたってがっかりするだけだもの」と答えているのです。やはり緑色のポロシャツを着た「僕」は、生命力とは反対側にいるような気がしますね。

そしてこの後に、「私ね、ミドリっていう名前なの。それなのに全然緑色が似合わないの。変でしょ。そんなのひどいと思わない? まるで呪われた人生じゃない、これじゃ」という「緑」の言葉が発せられているのです。

「ミドリっていう名前」、つまり「死」を表す色の名前なのに、実際の「緑」という女性は生命力がある人間なので「全然緑色が似合わない」のです。そういう意味が込められた言葉なのでしょう。

ですから、私は上巻のほうが「死(緑)は生(赤)の対極としてではなく、その一部として存在している」で、下巻のほうは「生（赤）は死（緑）の対極としてではなく、その一部として存在している」という装丁になっているのだと思っています。

それに、「メメント・モリ」（死を想え。死ぬことを忘れるな）という言葉がありますが、『ノルウェイの森』の「森」には「モリ」（死）という言葉の意味が重ねられているのかもしれません。村上春樹はそんな言葉遊びが好きな作家でもありますから。

死について考える

でも、それでもやはり「緑」を「生」の色、「赤」を「死」の色と考える人たちがいるかもしれません。そして、そういう考えも可能だろうと、私は思います。

たとえ、そのどちらであっても、この『ノルウェイの森』の「赤」と「緑」の装丁から受け取るべき最も大切なことは「死は生の対極としてではなく、その一部として存在している」ということが、そのまま装丁となっているということなのです。

「死は生の対極としてではなく、その一部として存在している」という言葉は『ノルウェイの森』の基になった短編「螢」の中でも、唯一ゴシック体で印刷されているところで、村上春樹の文学世界の中心的な考えの一つです。

「僕の『方丈記』体験」と副題の付いた「八月の庵」という、村上春樹には珍しい日本の古典文学についてのエッセイがあります。

それは、小学生の村上春樹が、父親に連れられて琵琶湖近くにある芭蕉の庵を訪ねる話です。村上春樹の父親は俳句サークルのようなものをやっていて、何カ月かに一度、句会を兼ねた遠出をしていたようです。

小学生の村上春樹は、もちろんその句会に参加せず、句会の間、一人縁側で外の景色を眺めています。そこで、少年・村上春樹は死について考えるのです。

「死は存在する、しかし恐れることはない、死とは変形された生に過ぎない」と。

この考えは『ノルウェイの森』の装丁に表された「死は生の対極としてではなく、その一部として存在している」という言葉に非常に近いものですね。

このエッセイは一九八一年の雑誌「太陽」の『方丈記』特集に寄稿されたものです。一九七九年の『風の歌を聴け』のデビューからわずか二年後の文章です。

そして『ノルウェイの森』の原型となった短編「螢」が発表されたのが「中央公論」一九八三年一月号です。

いかに村上春樹が、その出発から一貫して自分の世界を追求し、作品世界を広げ続けてきたかがよくわかります。その世界が、装丁の中に凝縮された形で表現されているのが、『ノルウェイの森』なのです。

私はこの本の中で、村上春樹の作品世界に出てくる霊魂やお化けのことを紹介したり、「四」という数へのこだわりについて書いたりしていますが、その世界への理解の出発点となったのが『ノルウェイの森』の装丁なのです。

ぜひ「生の世界」と「死の世界」が近いという視点から、村上春樹の作品を読んでください。その作品世界が、いままでと違った別の角度から、見えてくるでしょう。

第10章

旧版と新版で大きく変わった文庫カバーの装丁

『ねじまき鳥クロニクル』の「青」を考える　その1

なぜ「青いティッシュペーパー」が嫌いか

手もとに二種類の『ねじまき鳥クロニクル』の文庫があります。一つは一九九七年に刊行された旧版の文庫、もう一つは二〇一〇年に改版された新版の文庫です。旧版に比べて、新版は文字も少し大きくなり、組みもゆったりしており、そのかわりにページ数が増えています。

その他に大きく変わっているのは、カバーの装丁です。新版では第1部は「青緑」、第2部が「赤」、第3部が「青紫」です。これに対して、旧版は第1部は「青緑」、第2部が「紫」、第3部が「青」でした。

この移動は何だろうか……。そんなことを考えたことがあります。

『世界の終りとハードボイルド・ワンダーランド』の最初の単行本の表紙の色はピンクでした。そのピンクとは何か。「赤」と「緑」の『ノルウェイの森』の表紙はあまりに有名ですが、その「赤」と「緑」が意味することは何か……。第8章、第9章で村上春樹作品と「色」の問題を考えてきました。

今回は、この『ねじまき鳥クロニクル』という大長編と「色」の問題を考えてみたいと思います。

新版の文庫では、「青」が外され、かわりに「赤」が表紙に加わりました。もっとも第3部の「青紫」は、かなり「青」に近い「紫」ですので、単に「青」が省かれたというわけではないようです。むしろ「赤」が加わった変更と受け取ったほうがいいのかもしれません。

さて、話を簡単にするために、結論を先に書いてしまいましょう。『ねじまき鳥クロニクル』という作品の基調となる色は「青」だと私は思っています。

最初に書いたように、旧版の文庫カバーは第1部が「青緑」で「青」を含んでいて、第2部の「紫」も「青」が混ざった色です。第3部の「青」を含めて、そのすべてに「青」が貫かれています。

まずは、『ねじまき鳥クロニクル』の中で、その「青」が出てくる場面を紹介しながら、このことを考えてみたいと思います。色に注目してこの作品を読めば、「青」が非常に重要な役目を果たしていることが、自然にわかるのです。以下、具体的に列挙してみましょう。

何度か紹介してきましたが、この大長編は非常に縮めて言えば、ある日、自分の前から、突然いなくなってしまった妻・クミコを、主人公が取り返す物語です。

第1部の最初のほうで、主人公の「僕」とクミコが言い合う場面があります。「どうしてこんなものを買ってきたのよ?」とクミコが疲れた声で「僕」に言います。「僕」が何を買ってきたのかというと、それは「青いティッシュペーパーと花柄のついたトイレットペーパー」です。それに対してクミコは言います。

「私は青いティッシュペーパーと、柄のついたトイレットペーパーが嫌いなの。知らなかった?」

「知らなかった」と僕は言った。「でもそれを嫌う理由は何かあるのかな?」

「どうして嫌いかなんて、私にも説明できないわよ」

村上春樹は「青いティッシュペーパーと花柄のついたトイレットペーパー」の「青い」と「花柄のついた」の部分にわざわざ傍点を打って書いています。「花柄のついた」のほうは、もしかしたらあまり重要ではないのかもしれません。なぜなら、その次の会話では「私は青いティッシュペーパーと、柄のついたトイレットペーパーが嫌いなの」というように、「花柄」が単に「柄」と置き換えられているからです。

私には、この部分は単なる些細なことをめぐる夫婦の言い合いを述べている部分とは思えません。この大長編全体が、クミコがどうして「青いティッシュペーパーが嫌いか」を解明する物語のように読めるのです。

ともかく、このように最初に「青いティッシュペーパー」のことが出てきます。それもかなり長く論議しています。文庫版で十ページ近くも「青いティッシュペーパー」のことについて、書かれているのです。

その章の最後にはこうあります。

僕らは数日のうちにそんなつまらないいさかいのことは忘れてしまうだろう。

しかし僕にはその出来事が妙に気になった。（……）

僕はいつかその全貌を知ることができるようになるのだろうか？

そして、こうまで村上春樹は書いているのです。

それがそのときに僕の考えたことであり、その後もずっと断続的に考えつづけたことだった。そしてもっとあとになってわかったことだが、そのとき僕はまさに問題の核心に足を踏み入れていたのだ。

「私は青いティッシュペーパーと、柄のついたトイレットペーパーが嫌いなの。知らなかった？」「いつかその全貌を知ることができるようになるのだろうか？」。『ねじまき鳥クロニクル』は、そのように始まる物語なのです。実に奇妙な言葉ですが、『ねじまき鳥クロニクル』という大長編をしっかり受け取るためには、この「青いティッシュペーパー」の「青」とは何かを考えることがとても大切なのだと、私は思っているのです。

そして「青いティッシュペーパー」だけではなく、同作にはもっともっとたくさんの「青」が出てきます。それらを紹介しながら、考えを進めてみたいと思います。

重要な場面に配置された「青」

『ねじまき鳥クロニクル』の冒頭近くに、「僕」の家の猫がいなくなって、それを路地の奥の空き家の庭まで捜しに行く場面があります。そこで「僕」は、笠原メイという十六歳の女の子に出会います。その笠原メイと最初に会った時、彼女は「袖のないライトブルーのTシャツを着ている」のです。

これはたまたまではありません。物語が百ページぐらい進んで、「僕」と笠原メイが再会する時にも「彼女は前と同じライトブルーのアディダスのTシャツを着て」いるのです。

さらに妻・クミコと「青」に関するエピソードで見逃せないことが、もう一つ冒頭近くにあります。

クミコからの電話があって、「僕」が品川の駅前にあるパシフィック・ホテルのコーヒールームで加納マルタという女性に会う場面です。彼女は初対面の「僕」のことを識別するために「水玉のネクタイをしめてきてください」と言います。

「僕」は紺にクリーム色の小さな水玉の入ったネクタイを持っていました。それは二、三年前の誕生日にクミコがプレゼントしてくれたものです。紺色のスーツにその水玉のネクタイをしめるとよくあって、クミコもそのネクタイのことを気に入っていました。でもその水玉のネクタイがどうしても見つからない。仕方がないので、「僕」は紺のスーツを着て、ブルーのシャツにストライプのネクタイをしていきます。もし紺のスーツに、ブルーのシャツに、紺に水玉のネクタイをしていたら、青ずくめですね。その後、この水玉のネクタイは駅前のクリーニング屋で見つかります。

ここに紹介した「青いティッシュペーパー」と「ライトブルーのTシャツ」と「紺に水玉のネクタイ」は、物語の立ち上がりの部分に出てきます。クミコ、笠原メイ、加納マルタ。これら主要な人物が読者の前に登場する、ある意味でとても重要な場面が、すべて「青」に関係しているのです。

そして、妻のクミコは「青いティッシュペーパー」を毛嫌いしていますが、「僕」の誕生日にプレゼントした「青い」水玉のネクタイのことは気に入っていました。つまりクミコは一方的に「青」を嫌っているのではなく、彼女にとって「青」の価値、「青」への好悪は両義的であると思えます。

第2部には「僕」が夢の中で、紺色のスーツに青い水玉のネクタイをして、加納マルタの妹・加納クレタと会い、性的に交わる場面もあります。その夢の中で、加納クレタはクミコの淡いブルーのワンピースを着ているのです。

このように、『ねじまき鳥クロニクル』は、重要な場面のほとんどが「青」に関係している物語なのです。

3部作を繋ぐ「青いあざ」

さらにもう一つ、重要な「青」が、『ねじまき鳥クロニクル』に出てきます。

この長編には、路地の奥の空き家にある涸れた井戸の存在が大きな役割を果たしているのですが、第2部では、そこに「僕」が降りていって、長く留まり、再び出てくる場面があります。井戸の中に長くいたので、「僕」は髭が伸びていました。

「僕」は顔を熱いタオルで蒸して、たっぷりとシェーヴィング・クリームをつけて、注意深く髭を剃ります。顎を剃り、左の頬を剃り、右の頬を剃り終わってふと鏡に目をやると、「右の頬に何か青黒いしみのようなものがついていた」のです。

顔を鏡に近づけて、そのあざをもっと詳しく観察してみた。それは右の頬骨の少し外側あたりにあり、大きさは赤ん坊の手のひらくらいあった。色は黒に近い青で、それはクミコのいつも使っているモンブランのブルー・ブラック・インクに似ていた。

それは「黒に近い青」のあざですが、「黒に近い」という意味よりも、ここでも「青」のほうに意味があると思います。

よく知られるように、この『ねじまき鳥クロニクル』という長編は、一九九四年にまず第1部、第2部が刊行されて、それでいったん完結した物語でした。その第2部のエンディングは「僕」が区営プールに行くところです。

プールにはいつもバックグラウンド・ミュージックが流れているのですが、この時はフランク・シナトラの『リトル・ガール・ブルー』などがかかっているのです。

翌一九九五年に第3部が新たに書かれ、刊行されました。第3部には赤坂ナツメグという女性が登場しますが、彼女は満州からの引き揚げ者で、父親は新京動物園の主任獣医でした。そして赤坂ナツメグの父は「三十代後半の背の高い男で、顔だちは整っていたが、右の頬に青黒いあざがついていた」のです。このように第3部は、その「青いあざ」で、第1部、第2部と繋がっているのです。

第3部の冒頭には笠原メイの章が置かれていて、「僕」のことを「ねじまき鳥さん」と呼ぶ彼女から「僕」に手紙がきます。

> ねじまき鳥さんと会わなくなってからも、私はねじまき鳥さんの顔のあざのことをよく考えていました。突然ねじまき鳥さんの右の頬に現れたあの青いあざのこと。ねじまき鳥さんはある日穴ぐまみたいにこそこそと宮脇さんの空き家の井戸の中に入って、しばらくして出てきたらあのあざがついていたのよね。(……)私は最初に見たときからずっと、そのあざのことをなにかとくべつなしるしなんじゃないかと思っていました。そこにはたぶん何か、私にはわからない深い意味があるんだろうって。だってそうでなければ、急に顔にあざができたりしないものね。

これは最初に紹介した、クミコの「青いティッシュペーパー」が嫌いということに発する夫婦のいさかいについて「いつかその全貌を知ることができるようになるのだろうか?」「そのとき僕はまさに問題の核心に足を踏み入れていたのだ」と書いていることに対応する場面だと思います。つまり村上春樹は「『ねじまき鳥クロニクル』の『青』とは何か」について考えることを、読者に要請しているのです。

ですから私も、以上、例に挙げたことを通して、その「『ねじまき鳥クロニクル』の『青』とは何か」、さらに「村上春樹の『青』とは何か」について、何章かにわたって考えてみたいと思います。

第11章

『国境の南、太陽の西』の青い歴史

『ねじまき鳥クロニクル』の「青」を考える　その2

『ねじまき鳥クロニクル』から取り出された青い物語

『ねじまき鳥クロニクル』は、ノモンハン事件など戦争のことを中心に据えて書かれた物語なので、著者にかなりの労を強いる作品だったようです。作品への労力に関しては、村上春樹はいつも惜しみなく注ぎ込む人なので、このことは変わりないのだと思いますが、普通は作品が発表される時には、格闘ぶりが読者には見えないような形で出てきます。でも『ねじまき鳥クロニクル』については、外に表れただけでも、その格闘ぶりが幾つかうかがえるのです。

前章で紹介したように『ねじまき鳥クロニクル』は第1部と第2部が一九九四年に発表され、それでいったん完結した作品として刊行されました。ところが翌一九九五年になって、その続編の第3部が刊行されるという異例の形式となりました。

同じ「1984」年の日本を舞台とした『1Q84』もBOOK1、2が二〇〇九年に刊行されて、BOOK3が二〇一〇年に刊行されているのですが、この『1Q84』は当初からＢＯＯＫ３が刊行されることは織り込み済みだったようです。でも『ねじまき鳥クロニクル』の場合は第1部、第2部が書かれた後に、第3部が書き出されているのです。これはずいぶん作品と格闘したことの痕跡でしょう。

そして『ねじまき鳥クロニクル』にはもう一つ特徴があって、同作の一部として作中に含まれるはずだった部分が、別の長編として取り出されているのです。それが一九九二年に刊行された『国境の南、太陽の西』です。

この章は前章に続いて『ねじまき鳥クロニクル』と「青色」との関係について考えるのがテーマですが、その前に、もともとは同作の一部だった『国境の南、太陽の西』について紹介してみたいと思います。

なぜなら『国境の南、太陽の西』の単行本のカバーを外してみると、この本は「青」一色だからです。『世界の終りとハードボイルド・ワンダーランド』は箱から出してみればピンク一色、『ノルウェイの森』の上下巻は「赤」と「緑」、そして『国境の南、太陽の西』のカバーを外してみると「青」一色なのです。さらにこの本は、カバーも、単行本の中の扉も、「青」から「白」へのグラデーションとなっています。やはり『国境の南、太陽の西』の「青」についで、考えなくてはいけないと思うのです。

この『国境の南、太陽の西』の最後には「僕」が眠らずに夜明けを待つ場面があるのですが、そこにこんなことが書いてあります。

空の端の方に一筋青い輪郭があらわれ、それが紙に滲む青いインクのようにゆっくりとまわりに広がっていった。それは世界じゅうの青という青を集めて、そのなかから誰が見ても青だというものだけを抜き出してひとつにしたような青だった。僕はテーブルに肘をついて、そんな光景を何を思うともなくじっと見ていた。

これだけの引用に「青」が六回も登場。まさに「僕」の見た夜明けは「青」ずくめです。文章は次のように続き、「青」は白い雲の描写へと移動していきます。

しかし太陽が地表に姿を見せると、その青はやがて日常的な昼の光の中に呑み込まれていった。墓地の上にひとつだけ雲が浮かんでいるのが見えた。輪郭のはっきりとした、真っ白な雲だった。

ちなみに同作の真ん中あたりには「寝室の窓からは青山墓地が見えた」とあるので、紹介した文章の最後の「墓地の上に……」という墓地は「青山墓地」のことです。

単行本のカバーや扉の「青」から「白」への移行などの装丁は、おそらく、この青山墓地から真っ白な雲への移行を反映したものでしょう。「青山」は、死者の眠る所なのです。

「青」をめぐる女性

その『国境の南、太陽の西』という小説の中身を少しだけ紹介しましょう。

同作では主人公の「始」が通う小学校に「島本さん」という女の子が転校してきて、「僕」（始）は同級生の島本さんと親しくなります。

冒頭近くに「僕」が島本さんの家に遊びに行って、レコードでナット・キング・コールの『プリテンド』などを聴く場面があるのですが、その時、島本さんは「丸首の青いセーター」を着ています。さらに続けて「彼女は何枚か青いセーターを持っていた。たぶん青い色のセーターが好きだったのだろう」とも記されているのです。

二人で聴く『プリテンド』はこの作品では重要な役割を担う歌ですが、その歌を小学生の「始」と「島本さん」はあまりに繰り返し聴いたので「始めの部分を口真似で歌うことができた」と書いてあります。それは小学生の二人には呪文のような歌詞でした。

プリテンニュアハピーウェニャブルウ

イティイズンベリハートゥドゥー

今ではもちろんその意味はわかる。「辛いときには幸せなふりをしよう。それはそんなにむずかしいことではないよ」。

英語では「Pretend you're happy when you're blue／It isn't very hard to do」という歌詞で、その中にも「blue」という言葉が出てきます。訳の「始め」で村上春樹が「辛い」と訳した部分です。その「始めの部分を口真似で歌うことができた」というのですが、ここは「僕」の「始」という名を織り込んだ文章ともなっていて、これが偶然なのか、意図的なのか、読者の側からは断定的なことはわかりませんが、それでもやはり意識的な作業かなという気もします。

さらに「今ではもちろんその意味はわかる」という、その「今」とはいったい、いつのことかな……などと読者は思ったりもします。

「僕」と島本さんは小学校を出た後、別の中学に進みます。「僕」が電車の駅で二つ離れた町に越してしまい、まもなく二人は別れてしまうのですが、三十六歳の時、「僕」が経営するジャズ・クラブに島本さんが訪ねてきて再会するのです。

その時の島本さんの服装が「青い絹のワンピースの上に、淡いベージュのカシミアのカーディガン」です。さらに「ワンピースの色によく似た色合いのバッグ」を持っているのです。そこで、「僕」が「君は今でも青い服を着ているんだね」と言うと、島本さんは「そうよ。私は昔からずっと青い服が好きなの。よく覚えているのね」と答えています。

その「僕」の経営するジャズ・クラブは「青山」にあります。再会後、島本さんはしばらく店に姿を見せなかったのですが、「僕」が三十七歳となった時にまたやってきます。その夜の島本さんは「ライト・ブルーのタートルネックのセーターに、紺色のスカート」姿なのです。

そして、今度は「白いワンピースの上に、ネイヴィー・ブルーの大ぶりなジャケット」姿で現れた島本さんと、「僕」は箱根の別荘に行って、ついに二人は結ばれるのです。しかし一夜明けると島本さんは、あとかたもなく、何の痕跡もなく「僕の前から消えてしまった」という小説です。

前の章でも紹介しましたが、『ねじまき鳥クロニクル』の第2部には、夢の中で「僕」が紺色のスーツに、紺にクリーム色の小さな水玉の入ったネクタイをして、加納クレタと性的に交わる場面があって、その時、加納クレタは「僕」の妻・クミコのワンピースを着ています。そのクミコの夏物のワンピースは「淡いブルーで、鳥の模様がパターンとして、透かし彫りのように入っている」とあります。

この文章は「青」を共通色として、三冊ともに鳥の模様が透かしのように入った『ねじまき鳥クロニクル』の旧版文庫の表紙の装丁などにも対応していますね。単行本の『ねじまき鳥クロニクル』の装丁にも鳥の模様が透かしのように入っていますが、そんな模様の入ったクミコの夏物のワンピースは「淡いブルー」なのです。

つまり『ねじまき鳥クロニクル』のクミコも、『国境の南、太陽の西』の島本さんも「青」をめぐる女性なのです。村上春樹はなぜ、これほどまでに「青」にこだわるのでしょう。

村上春樹自身が「メイキング・オブ・『ねじまき鳥クロニクル』」で明かしていることですが、この『国境の南、太陽の西』の第1章が『ねじまき鳥クロニクル』の第1章となるはずのものでした。

もちろん現在われわれが読める作品とはずいぶん異なる形だったでしょうが、『国境の南、太陽の西』と『ねじまき鳥クロニクル』とを合わせた、原『ねじまき鳥クロニクル』ともいうべき物語が存在したということです。それはきっと、青い色で貫かれた作品だったのではないかと思われます。

「歴史」の「青」、そして「昭和」の終わり

さて『国境の南、太陽の西』と『ねじまき鳥クロニクル』を貫く「青」について紹介してきましたが、その「青」が村上春樹作品の中で、いったいどんな意味を持っているのかということを、考えなくてはなりません。

村上春樹作品にとって「青」とは何か。またこの章が長くなりそうなので、結論を先に記しておきましょう。村上春樹作品にとっての「青」、それは「歴史」または「歴史意識」というものを示す色なのではないかと私は考えています。

その村上春樹作品の中の「青」と「歴史」の繋がりについて、具体的に挙げてみたいと思います。まず『国境の南、太陽の西』です。「僕」が三十七歳となった時、島本さんが青山のジャズ・クラブに訪ねてくるのですが、この時、僕はカウンターに腰掛けて、本を読んでいます。

「何を読んでいるの?」と彼女は僕の本を指さして言った。

僕は彼女に本を見せた。それは歴史の本だった。ヴェトナム戦争のあとに行われた中国とヴェトナムとの戦争を扱った本だ。彼女はそれをぱらぱらと読んで僕に返した。

「もう小説はあまり読まないの?」

その後に、新しい小説はほとんど読まなくなってしまった僕と、「新しいのも古いのも。小説も、小説じゃないのも」読んでいるという島本さんの話がしばらくあるのですが、私はこの場面は、新しい小説を「僕」があまり読まなくなってしまったことよりも、「僕」が「歴史の本」を読んでいることに注目すべき場面だと思っています。

なぜなら『国境の南、太陽の西』という小説自体が「歴史」を描いた物語だからです。

この作品の主人公の命名は村上春樹作品の中でも非常に変わったものです。同作の書き出しはこうです。

僕が生まれたのは一九五一年の一月四日だ。二十世紀の後半の最初の年の最初の月の最初の週ということになる。記念的といえば記念的と言えなくもない。そのおかげで、僕は「始（はじめ）」という名前を与えられることになった。

村上春樹は登場人物の名付けに非常にこだわる作家ですが、冒頭で、その名前と由来が示される長編はこの作品だけではないかと思います。

そして、「僕」と島本さんが箱根で激しく結ばれた後、島本さんが忽然と消えてしまうのは、二人が三十七歳の時です。

計算してみると、それは一九八八年のことです。年号でいえば昭和六十三年のことです。昭和六十四年は実際にはわずか七日で終わってしまいます。ですから昭和六十三年というのは、もうすぐ昭和が消えていくという年なのです。

つまり『国境の南、太陽の西』は二十世紀の後半の最初の年に生まれた「始」が、ほぼ「昭和が終わる」までの日本社会を生きていく小説となっているのです。『国境の南、太陽の西』の刊行は一九九二年十月十二日。同作は村上春樹が「昭和」という時代が終焉して書いた初めての長編作品です。このように受け取ってみれば、「始」という村上春樹の長編の主人公としてはずいぶん変わった名前も、すんなり届く名前だと思えるのです。

「始」と「島本さん」は、十二歳の時に、島本さんの家でレコードを聴きながら、じっと手を握りあったことがあります。そして小学校を卒業して、二人は会わなくなります。その二人が三十七歳の時に、こんな会話をします。

「若く見えるわよ。三十七にはとても見えないわ」
「君もとても三十七には見えない」
「でも十二にも見えない」
「十二にも見えない」

計算してみると、二人が十二歳の時とは、つまり一九六三年のことです。「1963年」は、この本でも何度も記していますが、村上春樹にとって、原点ともいうべき年です。「ケネディー大統領が頭を撃ち抜かれた年」。「僕」や「鼠」や「左手の小指のない女の子」が集う「ジェイズ・バー」が「僕」の「街」にやってきた年。そのころからヴェトナム戦争が激しくなった年です。『風の歌を聴け』の「僕が寝た三番目の女の子」で、二十一歳で死んでしまった彼女が「人生の中で一番美しい瞬間」の年でもありました。

つまり、ここで「僕」と「島本さん」が語っているのは、単に十二歳から三十七歳までの二人の別れと再会の話ではありません。「僕」と「島本さん」が、じっと手を握りあった十二歳の頃から、日本は山を崩して、海を埋め立てて、高層アパート群を建てるというような計画を進め始めました。そのような「昭和」という時代がまもなく終わろうとしているのです。そんな日本の「歴史」が語られているのです。少しの飛躍があることを知って記すのですが、私は「島本」さんの名前は「島国日本」の省略形だろうと考えています。

それはともかく「青」を「歴史」を表す色と考えると、『国境の南、太陽の西』は二十世紀後半の「昭和」という時代が終わるまでを書いた物語だと思えてきますし、それはバブル経済真っ盛りの時代ですが、この「昭和」の終わりとともに「青」の「島本さん」が「僕」の前から消えてしまうことも理解できるのです。

「青」が「歴史」や「歴史意識」のことであり、「島本さん」は「島国日本」のことであり、その「島本さん」の消滅は「昭和」の終わりのことだろう。私はそう思っているのですが、でもやはり、それは考えすぎだと感じられる人もいるかもしれませんので、一つだけ加えておきましょう。

『1Q84』という長編が『ねじまき鳥クロニクル』と対応して書かれていることは、よく知られています。それは前記したように『ねじまき鳥クロニクル』の作中の時代が「1984」年から始まっているからです。

そして『1Q84』は主人公の一人の「青豆」という女性が、高速道路を走るタクシーの中でヤナーチェックの『シンフォニエッタ』という曲を聴いている場面から始まっています。このため『1Q84』の本ばかりでなく、ヤナーチェック『シンフォニエッタ』のCDがよく売れたほどです。

その『シンフォニエッタ』は一九二六年作曲の作品です。それは年号でいえば大正十五年、昭和元年のことです。作中にも「一九二六年には大正天皇が崩御し、年号が昭和に変わった」と記されています。つまり「昭和」の開幕を告げる年に生まれた音楽から、『1Q84』は始まっているのです。これも「昭和」を強く意識した作品であることは間違いないでしょう。

その『1Q84』は『ねじまき鳥クロニクル』の時代を意識した作品でしたし、『ねじまき鳥クロニクル』から生まれた作品が『国境の南、太陽の西』でした。

村上春樹は「昭和」へのこだわりをとても強く持っている作家だと思います。

さてさて、では『ねじまき鳥クロニクル』の「青」と「歴史」はどのような形で描かれているでしょうか。そのことをここで続けて書きたいのですが、ここまででもかなり長い文章となってしまいましたので、続きは次章にしたいと思います。

なお今回紹介した『国境の南、太陽の西』については、同作の中の「青」や「赤」などの色に関する詳細な考察が加藤典洋著『村上春樹　イエローページ』にあります。『国境の南、太陽の西』を「色の物語」として考えた初めての本です。興味のある方は『村上春樹　イエローページ』も、ぜひ読んでみてください。

第12章

ある日、突然、頬に青いあざが出来る体験

『ねじまき鳥クロニクル』の「青」を考える　その3

赤坂ナツメグが語る「歴史」

村上春樹作品の中の「青」は「歴史」のことを表しているのではないでしょうか。

そんな考えを前章で述べました。そして本章のサブタイトルにもあるように、『ねじまき鳥クロニクル』に出てくる「青」とは何かについての考察が、思いがけず三回続きとなってしまいました。

それほど村上春樹にとって、「青」が持つ意味が大切なものであるということなのですが、『ねじまき鳥クロニクル』でも、「青」はやはり「歴史」を表していると、私は考えています。もともと『ねじまき鳥クロニクル』の「クロニクル」(年代記)というタイトル自体が「歴史」のことですが、同作の「青」と「歴史」の関係について、さらに具体的な例をいくつか挙げてみたいと思います。

まず『国境の南、太陽の西』と同じように『ねじまき鳥クロニクル』の中の「青山」と「歴史」の関係から考えてみましょう。

『ねじまき鳥クロニクル』の第3部には、第1部、第2部にはほとんど出てこなかった赤坂ナツメグという女性が登場します。

新宿西口で広場のベンチに「僕」が座ってダンキン・ドーナツを食べながら、通り過ぎる人たちを見ていると「濃いサングラスをかけ、肩にパッドのはいったくすんだブルーの上着を着て、赤いフラノのスカート」をはいた女に声をかけられます。一年前にも同じ所で出会った中年の女で、それが「赤坂ナツメグ」です。一年前には「鮮やかなピンク色のワンピース」だった彼女が、第3部では「くすんだブルーの上着」を着て話しかけてきたのです。その次に登場する場面では「オレンジのコットンの上着を着て、トパーズ色のタイト・スカート」姿ですが、彼女は「いらっしゃい」と言って、「僕」をタクシーに乗せ、運転手に「青山」の所番地を告げるのです。

そこはブティックで、彼女は「僕」にスーツを二着買ってくれます。その一着は「ブルーグレイ」のスーツです。さらに、靴や時計まで買ってくれます。このあたり、バブル経済と、その崩壊前夜の雰囲気もありますね。

そして「夕食を食べましょう」と、彼女は「僕」を近くのイタリア・レストランに連れて行くのです。それから「僕らはいつも同じレストランで、同じテーブルをはさんで話を」するようになります。「長いあいだ赤坂ナツメグは僕にとって、この世界でただ一人の話し相手となった」のです。

そうやって二人の年代記・歴史が語られていきます。赤坂ナツメグの父親が満州の新京動物園の主任獣医であったこと、その主任獣医に起きた昭和二十年八月の出来事、その主任獣医の右の頬に「僕」と同じような青黒いあざがあったこと。昭和二十年八月十五日、日本へ向かう途中、赤坂ナツメグが乗った輸送船が米国の潜水艦に沈められそうになったこと。これらの「歴史」が「青山」のイタリア・レストランで語られます。ここでも「青山」は「歴史」と繋がる場所になっています。

村上春樹作品の中での「青山」は単なる東京の地名として出てくるのではなく、それは「青」の色が示す「歴史」と繋がる場所としてあるのです。

我々日本人にあり得た体験

赤坂ナツメグが、「僕」を「青山」のイタリア・レストランに連れて行く前に美容院に連れて行く場面があるのですが、その「青山」の美容院は壁一面に鏡が張り巡らされていて、「僕」の「青いあざ」も鏡に映っています。「僕」は「ときどき誰かの視線をそのあざの上に感じる」こともありますが、「鏡の中に映った像の数が多すぎて、いったい誰が僕を見ているのかは」

わかりません。ただその視線を感じるだけです。

前章でも紹介しましたが、この「青いあざ」で、それまでの第1部、第2部と第3部が繋がっています。「僕」の「青いあざ」は、ある日、井戸の中に入っていて、出てくると突然、右頬に出来ているのです。その井戸はノモンハンに繋がっていたりする「歴史」の通路のような場所ですが、その井戸から出てくると、別に何の罪もないような普通の人である僕の頬に突然、青黒いあざが出来ているのです。

こんなことがあるのでしょうか？

でもそういうことは歴史上あったのではないかと私は思います。それを少し紹介したいと思います。

目もくらむほど強烈な光の球が見えた。同時に、真暗闇になって何も見えなくなった。瞬間に黒い幕か何かに包み込まれたようであった。

閑間重松がそんな体験をした後、国道を歩いていると、知り合いの女主人から「閑間さん、顔をどこかで打たれましたね。皮が剝《む》けて色が変っております」と言われます。

両手で顔を撫《な》でると、左の手がぬらぬらする。両の掌《てのひら》を見ると、左の掌いちめんに青紫色の紙縒《こより》状のものが着いている。(……)

僕は顔をぶつけた覚えはなかったので不思議でならなかった。(……)

べつに痛みはなかったが、薄気味わるくて首筋のところがぞくぞくした。

そんな文章が井伏鱒二『黒い雨』にあります。主人公・閑間重松が原爆で受けた顔の青紫色の傷は左の頬で、『ねじまき鳥クロニクル』の「僕」とは反対側ですが、『黒い雨』の中でも閑間の顔の青紫色の傷は、被爆の象徴のように繰り返し出てきます。

『黒い雨』は昭和四十年の「新潮」一月号から連載が始まった時、「姪の結婚」という題名だったことは有名ですし、書き出しも「この数年来、小畠《こばたけ》村の閑間《しずま》重松《しげまつ》は姪《めい》の矢須子《やすこ》のことで心に負担を感じて来た」というものです。その矢須子と閑間が被爆後、再会する時にもこんな会話をしています。

矢須子は僕の顔を見て「まあ、おじさんの顔、どうしたんでしょう」と云った。「なに、ちょっと火傷《やけど》しただけだ」と僕は云った。

この顔の青紫色の傷は閑間だけのものではなく、閑間が電車に乗っていると、右隣に立っていた男は顔の左半分を火傷して、皮膚がくるりと剝げていました。その男は、閑間に「あんた、どこでやられましたか」と話しかけています。閑間は横川駅でやられたのですが、その男は「防空壕《ぼうくうごう》を出たところでやられた」そうです。

しばらくしてから洗面所の鏡に向かって、閑間が左の頬の状態を確かめる場面がありますが、鏡を見ると閑間の「左の頬は一面に黒みを帯びた紫色になって」いたのです。

『ねじまき鳥クロニクル』第3部の冒頭で、「僕」のことを「ねじまき鳥さん」と呼ぶ笠原メイから「僕」に手紙がくることを、第10章で紹介しました。「私はねじまき鳥さんの顔のあざのことをよく考えていました。突然ねじまき鳥さんの右の頬に現れたあの青いあざのこと」という手紙です。『黒い雨』では姪の矢須子が「まあ、おじさんの顔、どうしたんでしょう」と「僕」に声をかけてきます。両作のこの「メイ」と「姪」との関係が、少し気になってはいるのですが、でもこれはきっと、私の妄想でしょう。

ですから、私は『黒い雨』の閑間の青紫色の左頬の傷と、『ねじまき鳥クロニクル』の「僕」の右頬に出来ていた青いあざとが、強く関係しているということが言いたいわけではありません。

ただ我々日本人の歴史の中で、何の罪もないかもしれない人たちが、ある日、突然、自分の頬に青紫色の傷が出来る体験をするということがあり得たことを言いたいのです。

「広島」と「長崎」

さて、村上春樹『ねじまき鳥クロニクル』を読んだ人で、誰もが忘れられない場面は〝皮剝ぎ〟と呼ばれる場面でしょう。

これは昭和十三年（一九三八年）の旧満州・モンゴル国境のノモンハンで情報活動していた山本という男が、生きたまま全身の皮をナイフで剝がされて殺される場面です。

「僕」と妻・クミコが結婚するに際しての恩人である本田さんもノモンハン事件の生き残りでした。その本田さんが亡くなった後、戦友の間宮中尉という人が「僕」と「クミコ」の前にやってきて語るのが〝皮剝ぎ〟の話です。

間宮中尉は衝撃的な戦争の話を「僕」と「クミコ」に伝えるのですが、間宮中尉が次のように語ることも忘れてはならないでしょう。彼はノモンハンでの〝皮剝ぎ〟を語り、さらに自分の抜け殻の心と、抜け殻の肉体と、抜け殻の人生を語ります。

「私の中のある何かはもう既に死んでいたのです。そしておそらく私は、そのときに感じたように、あの光の中で消え入るがごとくすっと死んでしまうべきだったのです。(……)
私は片腕と、十二年という貴重な歳月を失って日本に戻りました。広島に私が帰りついたとき、両親と妹は既に亡くなっておりました。妹は徴用されて広島市内の工場で働いているときに原爆投下にあって死にました。父親もそのときちょうど妹を訪ねに行っていて、やはり命を落としました。母親はそのショックで寝たきりになり、昭和二二年に亡くなりました」

つまり〝皮剝ぎ〟という残虐でショッキングな戦争中の出来事を語る間宮中尉は広島出身で、原爆による過酷な傷の癒えぬ広島から上京して、「僕」と「クミコ」に戦争の歴史を伝えるのです。

そんなことが語られる『ねじまき鳥クロニクル』という物語で、「僕」が行方不明となった妻のクミコを奪還するためのルートは、「僕」の家の近くにある空き家の深い井戸です。「僕」はこの井戸を壁抜けのように通過し、別の世界に出て、その異界の世界で綿谷ノボルと闘い、最後にクミコを取り戻すのです。

物語の終盤、「僕」が異界の世界で綿谷ノボル的なるものをバットで叩きつぶすと、現実世界の綿谷ノボルは突然、脳溢血のような症状で、意識不明となってしまいます。村上春樹はこう書いています。

「綿谷ノボルさんは長崎で大勢の人を前に講演して、そのあとで関係者と食事をしているときにとつぜん崩れ落ちるように倒れて、そのまま近くの病院に運ばれたの。一種の脳溢血だって」

ノモンハンで残虐な〝皮剝ぎ〟を「僕」と「クミコ」に語る間宮中尉は〝皮剝ぎ〟を目撃後、井戸に落ちて奇跡的に助かった人ですが、その間宮中尉が「広島」の人であり、「僕」が井戸に降りて、異界で闘う綿谷ノボルは「長崎」で倒れているのです。おそらく、これは偶然ではないでしょう。ここで村上春樹は日本人が受けた二度の原爆と戦争のことに触れて、『ねじまき鳥クロニクル』という作品を書いているのだと、私は思います。

「僕」は綿谷ノボルと闇の中で闘う時、「これは僕にとっての戦争なのだ」と考えています。その「僕」の右頰に出来た「青いあざ」を「歴史」を表す色のことだと考えると、『ねじまき鳥クロニクル』は昭和十三年（一九三八年）のノモンハンから、昭和二十年（一九四五年）の原爆、敗戦、さらにシベリア抑留などの時代と、一九八四年（昭和五十九年）という時代を往還しながら「昭和の歴史」を書いた物語なのだと思えてくるのです。

変わらない歴史意識

「安らかに眠って下さい　過ちは繰返しませぬから」。二〇一一年、スペイン・バルセロナのカタルーニャ国際賞授賞式の受賞スピーチで、村上春樹は広島にある原爆死没者慰霊碑に刻まれた、このような言葉を紹介しながら話しました。おそらく、広島の地、その原爆死没者慰霊碑を訪れたことがあるのでしょう。そうでなくては、語り得ない力がスピーチにありました。

一九四五年八月、広島と長崎という二つの都市に、米軍の爆撃機によって原子爆弾が投下され、合わせて二十万を超す人命が失われたことを村上春樹は話しました。

その原爆投下から六十六年が経過して、東日本大震災による福島第一原子力発電所の事故が起きたことに触れ、「これは我々日本人が歴史上体験する、二度目の大きな核の被害です」と述べました。そして「広島と長崎」という言葉を三度も繰り返して、スピーチで語ったのです。このスピーチに『ねじまき鳥クロニクル』を書いた村上春樹の変わらぬ「歴史意識」を受け取ることができると思います。このような悲惨な結果をもたらす戦争という過ちを繰り返してはいけないという決意と、その歴史意識が伝わってきます。

『ねじまき鳥クロニクル』では前章で記したように「淡いブルーで、鳥の模様がパターンとして、透かし彫りのように入っている」という妻・クミコの夏物のワンピースが本の装丁に使われています。村上春樹はわざわざ「夏物のワンピース」と書いています。その「夏」とは、昭和二十年八月の「夏」のことを示唆しているのではないかと、私は考えております。

満州の新京動物園の主任獣医だった赤坂ナツメグの父親に起きた昭和二十年八月の出来事。その娘である赤坂ナツメグが日本に向かう輸送船の中で迎えた昭和二十年八月十五日のこと。あの〝皮剝ぎ〟の話を「僕」と「クミコ」に伝えにきた間宮中尉の妹と父親が広島への原爆投下で亡くなったのも昭和二十年八月の夏のことです。そのような「歴史」が透かし彫りのように入った「淡いブルー」の「夏物のワンピース」なのだと思います。

消えた「青」

最後に、これはあまり馴染みがない作品かもしれませんが「青が消える（Losing Blue）」という短編があるので、それを紹介して、この章を終わりにしたいと思います。

「青が消える（Losing Blue）」は「1999年の大晦日」、新しいミレニアムを迎える夜、この世のすべての青い色が消えてしまうという短編です。これは一九九二年にスペインのセビリア万国博を特集する雑誌のために書かれたものです。英仏伊西の各新聞社が共同で作った雑誌に載った作品です。ミレニアムの大晦日を舞台にした短編を一九九一年に頼まれて執筆したもののようです。

日本版は二〇〇二年刊行の『村上春樹全作品 1990〜2000』の短篇集Ⅰに初めて収録されました。その村上春樹自身の解題によると、この短編を執筆直後に『ねじまき鳥クロニクル』にとりかかったので、一時、忘れてしまっていたそうです。でも『ねじまき鳥クロニクル』や『国境の南、太陽の西』と同じ頃に書かれた「青が消える（Losing Blue）」というタイトルの作品は、村上春樹作品と「青」との関係を三章にわたって考えてきた者にとって、非常に興味深いものです。

シャツの青色が消え、青い海が消え、空の青も消えてしまうのです。同作の最後の行には「でも青がないんだ」「そしてそれは僕が好きな色だったのだ」という部分がゴシック体で印刷されています。

そこで「僕」は内閣総理府広報室に電話をかけ、総理大臣を呼び出してみます。総理大臣はコンピューターで合成された声で答えるというシステムのようです。

「ねえ総理大臣、青がなくなってしまったんですよ」と僕は電話に向けて怒鳴った。

「かたちのあるものは必ずなくなるのです、岡田さん」と総理大臣は言い聞かせるように僕に言った。「それが歴史なのですよ、岡田さん。好き嫌いに関係なく歴史は進むのです」

「それが歴史なのですよ」は、私には、消えた「青は歴史なのですよ」と読めます。ここにも村上春樹にとって、「青」が「歴史」また「歴史意識」であることが、よく表明されていると思います。「青」をそのように受け取れば「青が消える（Losing Blue）」とは、多くの戦争があった二十世紀が消えていく、その「歴史意識」がなくなってしまうという意味ではないでしょうか。そんなふうに読むことができます。

私にはそのように受け取れるのです。コンピューターで合成された声の総理大臣は「岡田さん」と話しかけていますが、これは『ねじまき鳥クロニクル』の「僕」こと「オカダ・トオル」のことでしょう。つまり、この「青が消える（Losing Blue）」での村上春樹は『ねじまき鳥クロニクル』の「青」についても語っているのです。

考えてみれば『国境の南、太陽の西』の最後に「島本さんが消える」のも「青が消える」ですし、『ねじまき鳥クロニクル』の「僕」の前から「クミコが消える」のも「青が消える」です。そして『ねじまき鳥クロニクル』では「歴史意識」をしっかり獲得して、「歴史」の奥に潜む悪なるものと闘うことで、消えたクミコが帰ってくる物語となっています。

さてさて最後の最後に、この三章続きとなった「『ねじまき鳥クロニクル』の「青」を考える」の「その1」冒頭近くで紹介した、妻のクミコがなぜ「青いティッシュペーパー」が嫌いなのかという問題を考えなくてはいけないと思います。

このクミコは、実は「青」が好きな人、「歴史」が好きな人なのではないでしょうか。だってクミコは、紺にクリーム色の小さな水玉の入ったネクタイを「僕」の誕生日にプレゼントしていますし、「僕」が紺色のスーツにその紺にクリーム色の小さな水玉のネクタイをしめるとよくあって、クミコもそのネクタイのことを気に入っていました。

クミコにとって、青いティッシュペーパーは、「歴史」という大切な「青」を使い捨てにするようなものとして、嫌っているのだろうと私は考えています。

以上、長々と、村上春樹作品と「青」について書いてきました。何しろ、それが「歴史」についてのことですので、長文となってしまったことをお詫びいたします。

『ねじまき鳥クロニクル』には、赤坂ナツメグや赤坂シナモンなど、「赤」についての記述も出てきます。それについては、また別の機会に考えてみたいと思います。

でも村上春樹は「青」に非常にこだわって書く作家ですので、他の作品でも繰り返し、たくさんの「青」が出てきます。何しろ「青が消える（Losing Blue）」の中で、「青」について「それは僕が好きな色だったのだ」と記しているぐらいですからね。

第13章

『1Q84』の青豆と『大菩薩峠』の青梅

甲州裏街道を舞台にした大長編との関係

死の床で読まれていた大長編

村上春樹の作品を「青」の色が貫通しています。そのことを『ねじまき鳥クロニクル』や『国境の南、太陽の西』などを通して紹介してきましたが、この章では『1Q84』と「青」の関係について、考えてみたいと思います。なにしろ、『1Q84』の女主人公が「青豆」という名前なのですから。

「青豆」の「青」は、村上作品を貫通する「青」と、どう関係しているのかということを少し考えてみたいのです。

さていつものように、私なりの結論を先に記して、そこから考えを進めてみたいと思います。私は、この『1Q84』という物語は、近代大衆文学の最高峰である中里介山の『大菩薩峠』と関係しているのではないかと、考えています。

『1Q84』と『大菩薩峠』。その直接の関係を示すものには、まず次のようなことがあります。『1Q84』の男主人公「天吾」が、死の床にある父親を入院先の病院に訪れて、父の病室の本棚に並んだ本の背表紙を眺める場面が『１Ｑ８４』ＢＯＯＫ２にあるのですが、この場面に「その大半は時代小説だった。『大菩薩峠』の全巻が揃っている」と記されているのです。

『大菩薩峠』という巨大長編は、私が読んだ富士見書房文庫版でも全二十巻、一九九五年から刊行された、ちくま文庫版も持っているのですが、これもやはり二十巻という超大作です。つまり、その長い長い小説を主人公・天吾の父親が死の床で読んでいたのです。

さらに『１Ｑ８４』ＢＯＯＫ３では、父親の死後、天吾が父の病室に案内されてみると「本棚には一冊の本もなく、それ以外の私物もすべてどこかに運び去られていた」というふうに、天吾の父親が読んでいた『大菩薩峠』もなくなっていることが、それとなくわかるように示唆されてもいるのです。

> 大菩薩峠《だいぼさつとうげ》は江戸を西に距《さ》る三十里、甲州裏街道が甲斐国《かいのくに》東山梨郡萩原《はぎわら》村に入って、その最も高く最も険《けわ》しきところ、上下八里にまたがる難所がそれです。

原稿用紙で計算したら一万五千枚という、この超大作『大菩薩峠』は、そのように書き出されています。

その大菩薩峠は東に流れる多摩川と西に流れる笛吹川の分水嶺ですが、江戸を出て、八王子から小仏、笹子を越えて甲府に出る、

それがいわゆる甲州街道で、一方に新宿の追分を右にとって往《ゆ》くこと十三里、武州青梅《おうめ》の宿へ出て、それから山の中を甲斐の石和へ出る、これがいわゆる甲州裏街道（一名は青梅街道）であります。

青梅から十六里、その甲州裏街道第一の難所たる大菩薩峠は、記録によれば、古代に日本武尊《やまとたけるのみこと》、中世に日蓮上人の遊跡《ゆうせき》があり……

と続いていきます。つまりこの中里介山『大菩薩峠』は甲州裏街道である青梅街道を舞台とする物語なのです。

村上春樹の『1Q84』も、単に天吾の父親の書棚に『大菩薩峠』全巻が置かれていただけでなく、この中里介山の超大作に強く関係している物語なのではないだろうかと、私は思っています。さらに主人公「青豆」の名前も「青梅街道」の「青梅」と関係して名付けられているのではないのかなと、考えたりもしているのです。

「青梅街道」を通って「高円寺の南口」へ

このことに関して、幾つかの具体的な例を挙げてみましょう。この『1Q84』で誰もが息をのんで読む場面は、オウム真理教の教祖・麻原彰晃をも思わせるような「リーダー」という男を女殺し屋・青豆がホテル・オークラで殺害する場面でしょう。BOOK2の7章、9章、11章、13章、15章にわたって、青豆がリーダーに向かい、対決し、殺害するまでが描かれています。そのことに、計五章も費やしているのですから、いかに二人の対決が『1Q84』という作品にとって大切であるかということが理解できるかと思います。

そして青豆がリーダー殺害後、雷雨の中、タクシーで新宿西口に向かう場面があります。新宿西口は『ねじまき鳥クロニクル』で、父親の右の頬に青黒いあざがついていたという、あの赤坂ナツメグと「僕」が出会った場所ですが、それはさておき、青豆は新宿駅のコインロッカーに預けておいた旅行バッグとショルダーバッグを取り出して、自分の逃走を助けてくれるタマルという男の指示を受けるため、電話をかけなくてはならないのです。

新宿に向かうタクシーの中で、運転手が「道路の水があふれて、地下鉄赤坂見附駅の構内に流れ込んで、線路が水浸しになったそうです」「銀座線と丸ノ内線が一時運転を中止しています。さっきラジオのニュースでそんなこと言っていました」と青豆に伝えます。

青豆は、タマルからの指示が「新宿から丸ノ内線を使わなくてはならないものごとであれば、話はいくぶん面倒になるかもしれない」と思います。そして「丸ノ内線はまだ動き出していないのかしら?」とタクシーの運転手に質問しています。単行本でいうと、二ページの間に四回も「丸ノ内線」のことが繰り返されます。

タマルからの指示は、「高円寺の南口」にタクシーで向かうことでした。環七近くの「高円寺の南口」のマンションに隠れ家が用意されていたのです。

さて、ここで重要なことは、青豆は、ほぼ間違いなく「青梅街道」を通って、「高円寺の南口」の隠れ家に向かったということです。新宿西口から「高円寺の南口」に車で向かうとき、それ以外のルートはほとんど考えられません。

先日も新宿付近を拠点にしている親しいタクシーの運転手さんに「新宿西口からお客を乗せて、高円寺の南口へ行ってくれと言われたら、どのルートで行きますか?」と質問したら、「それは、青梅街道ですね」と答えていました。

つまりこの「高円寺の南口」は(地図を見てもらえばわかりますが)、あの大菩薩峠に通じる甲州裏街道、青梅街道沿いに位置しているのです。青豆があれほど気にしていた丸ノ内線も新宿―荻窪間は青梅街道の地下を走っています。

紹介したように「新宿の追分を右にとって往くこと十三里、武州青梅の宿へ出て、それから山の中を甲斐の石和へ出る、これがいわゆる甲州裏街道（一名は青梅街道）であります」と『大菩薩峠』に記されているのですが、新宿という場所は、その大菩薩峠に通じる青梅街道の起点なのです。だからこそ、青豆はリーダーを殺害後、新宿に向かったのだと私は思っています。

そして高円寺には、もう一人の主人公である「天吾」も住んでいるのです。『1Q84』という小説は、十歳のとき、人気《ひとけ》のない教室で強く手を握り合った青豆と天吾が、ついに再会するまでの長い長い物語です。二人はその後別々の人生を歩んでいるのですが、お互いにほかの人を愛したことがありません。

その二人が再会する滑り台のある児童公園も、やはり青梅街道沿いにあります。

青豆を思い出した「荻窪」

さらに「天吾」と「青豆」と「青梅街道」の関係を具体的に挙げてみましょう。

『1Q84』に「ふかえり」という十七歳の美少女作家が登場します。二十九歳の天吾は、塾の数学講師をしながら小説家を目指しているのですが、彼がふかえりの『空気さなぎ』という小説をリライトして、ベストセラーになります。

作中、ふかえりが天吾と一緒に、ふかえりを育ててくれた「戎野先生《えびすの》」という文化人類学者を訪ねる場面があります。二人は新宿駅から中央線に乗って、立川駅で青梅線に乗り換えて、「二俣尾《ふたまたお》」という駅で降ります。

青梅線は青梅街道沿いも走る電車ですが、『大菩薩峠』を書いた中里介山は青梅の近く、現在の東京都羽村市で明治十八年（一八八五年）に生まれています。

「二俣尾」は、青梅よりさらに先の駅ですが、そこから二人はタクシーに乗って、戎野先生の家に向かうのです。

戎野先生は、ずいぶん前に研究生活とは縁を切った人ですが、一九六〇年代には十歳ほど年下の、ふかえりの父親・深田保と長い間の親密な友だちでした。同じ大学、同じ学部で教えていて、性格や世界観は違いましたが、なぜか気の合う仲だったのです。

このふかえりの父親・深田保こそが、『１Ｑ８４』の中で青豆によって殺害されることになるリーダー、その人です。

天吾は戎野先生から、ふかえりの父・深田保のことについていろいろ教えられて帰ります。

そして帰りはふかえりと一緒ではなく、一人電車に乗って戻ります。

立川駅に出て、中央線に乗り換えて帰るのですが、三鷹駅で、天吾の向かいに親子連れが座ります。

こざっぱりとした身なりの母と娘で、娘は小学校の二年生か三年生ぐらいの目の大きな、顔立ちの良い女の子でした。

母娘はシートに腰掛けたまま、終始黙り込んでいるのですが、娘は手持ちぶさたで、自分の靴や床を見たり、向かいに座っている天吾の顔をちらちら見たりしています。

そしてその母娘は荻窪駅で電車を降ります。母親が席を立つと、娘もすぐに従って、素早く席を立ち、母親の後ろから電車を降りていきます。

娘が席を立つときに、もう一度ちらりと天吾の顔を見るのですが、

そこには何かを求めるような、何かを訴えるような、不思議な光が宿っていた。ほんの微かな光なのだが、それを見てとることが天吾にはできた。この女の子は何かの信号を発しているのだ──天吾はそう感じた。

と、村上春樹は書いています。そして、

その少女の目は、天吾に一人の少女のことを思い出させた。彼が小学校の三年生と四年生の二

年間、同じクラスにいた女の子だ。彼女もさっきの少女と同じような目をしていた。その目で天吾をじっと見つめていた。そして……

と、「天吾」と「青豆」という『1Q84』の二人の主人公の出会いと関係が語られていくのです。

さて、なぜ天吾は「何かを求めるような、何かを訴えるような、不思議な光が宿っていた」目を持った娘の視線と、自分の視線がクロスすると、大切な青豆のことを思い出すのでしょうか。

私は、そこが「荻窪」だからなのだと思います。紹介したように、天吾は「三鷹」から中央線に乗り換えて帰ってくるのですが、青梅街道はその「荻窪」で中央線とクロスしているのです。新宿を起点に考えると、そこからいったん中央線の南側を走っていた青梅街道が「荻窪」で中央線と交わり、「荻窪」以西は中央線の北を走るようになっています。その「荻窪」で少女は「何かを求めるような、何かを訴えるような、不思議な光」が宿った視線で天吾を捉えるのです。

青豆はリーダーを殺害後、「新宿」にタクシーで向かい、タマルの指示で「高円寺の南口」に向かいます。天吾はふかえりと一緒に、新宿駅から中央線で立川まで行き、青梅線に乗り換えて「二俣尾」からタクシーで戎野先生を訪ね、その帰途、中央線の「荻窪」で降りた娘の視線を受け取ったことから、青豆のことを思い出していきます。『1Q84』を再読してみるとわかりますが、この場面は天吾と青豆が、「荻窪」と同じ青梅街道沿いの土地「高円寺の南口」で再会することの予告ともなっていると思います。

『1Q84』の中で「荻窪」が非常に意識的に書かれていることをもう一つ指摘すれば、ふかえりと戎野先生の所に向かう往路で、天吾は中央線電車の中でうとうと眠ってしまうのですが、電車が「荻窪駅に停まりかけているところ」で目を覚ましています。

「惑星直列」とは何か

さて、これまでに紹介してきた「新宿」「高円寺南口」「荻窪」「青梅」「二俣尾」「大菩薩峠」は、すべてが「青梅街道」という裏街道で一本に繋がっている土地なのです。

その「青梅街道は、慶長八年、徳川家康が幕府を開いて江戸城を築くとき、西多摩郡の成《なり》木《き》村（現在の青梅市成木）から出していた漆喰壁《しっくいかべ》の材料を江戸に運ぶため、武蔵野台地を一直線に切り拓《ひら》いて作った道」だと、井伏鱒二『荻窪風土記』にあります。

それは「杉並区史探訪」（森泰樹著）を基にした記述のようですが、前章で述べた『黒い雨』

の著者でもある井伏鱒二は、自身も青梅街道からすぐ近くの荻窪に住んでいました。もちろんこれは『1Q84』とは、関係のないことですが……。

でも青梅街道が井伏鱒二『荻窪風土記』の記述通りであるならば、「新宿」「高円寺南口」「荻窪」「青梅」「二俣尾」は、ほぼ一直線に並んでいることになります。

このような事実を並べてみれば、村上春樹の『1Q84』と中里介山『大菩薩峠』とが、密接に関係した作品であることが少しわかっていただけるかと思うのです。

この『1Q84』という長編の天吾のほうの物語は新宿を起点に始まっています。ふかえりが書いた小説『空気さなぎ』について、新宿の喫茶店で小松という編集者と話し合っている場面です。『空気さなぎ』を認め合う天吾と小松ですが、小松が「てにをはもなってないし、何が言いたいのか意味がよくわからない文章だってある」と言うと、天吾は「でも最後まで読んでしまった。そうでしょう?」と問いかけます。

すれっからしの編集者である小松はこう答えます。

「そうだな。たしかにおっしゃるとおりだ。最後まで読んだよ。自分でも驚いたことに。新人賞の応募作を俺が最後まで読み通すなんて、まずないことだ。おまけに部分的に読み返しまでした。こうなるともう惑星直列みたいなもんだ」

さて、この「惑星直列みたいなもんだ」とは何でしょうか。非常に珍しい現象という意味でしょうか……。小松は小説家志望の天吾に無署名での原稿依頼もしていて、その中には「星占い」の原稿もあるようなので、両者間で「惑星」の話が出てもよいのかもしれません……。でも、それにしても「惑星直列みたいなもんだ」という言葉が、二人の会話の流れの中では少し異質で、頭の隅に引っかかっていました。

しかし、中里介山『大菩薩峠』と『1Q84』との関係を考えながら読むうちに、この新宿の喫茶店での「惑星直列みたいなもんだ」という言葉は、『1Q84』という大長編自体が「惑星直列みたい」になっていくことの予告なのではないか……という気がしてきたのです。

つまり、いま天吾と小松が語り合っている「新宿」から「高円寺南口」「荻窪」「青梅」「二俣尾」が「惑星直列みたい」に並んでいく予告ではないのかということです。しかし、やはりこれはちょっと空想がすぎますかね。どうでしょうか？

ねじ曲がった時間軸、批判の精神、健脚の「七兵衛」

他にもいくつか、『1Q84』と中里介山『大菩薩峠』について、その関係を述べてみたいことがありますので、それらをもう少し紹介してみましょう。
『1Q84』の主人公・青豆は女の殺し屋で、同作は渋谷のホテルの四階でいきなり男を殺す場面から始まっています。これに対して、中里介山『大菩薩峠』も「音無しの構え」を使う剣術の名手・机竜之助が、大菩薩峠の頂上で巡礼の老爺に「あっちへ向け」と言って、いきなり胴体をまっぷたつに切って、殺してしまう場面から始まっているのです。そう考えると、青豆はまるで、女・机竜之助と言ってもいいかもしれません。

また『1Q84』は発表当時、エンターテインメントの手法を使った大長編として話題となりました。中里介山『大菩薩峠』も大衆文学、時代小説の金字塔と呼ばれる作品であり、その面も似ていますね。

さらに『1Q84』は登場人物たちが、現実の「1984」年の世界から、ちょっと時空間がねじれた別の世界に侵入してしまう物語です。主人公たちは、まるで線路のポイントが切り替えられたかのように、別世界に入り込んでしまうのです。

十歳の青豆と天吾が人影のない教室で手を強く握り合った時、午後三時半のまだ明るい空には「月」がぽっかりと浮かんでいて、二人は白昼の「月」を目にします。同作ではその「月」が、現実の「1984」年と「1Q84」年の世界を分けるシンボルのようにして記されています。「1Q84」の世界には月が二つ出ていて、天吾にも、青豆にも、その二つの「月」

が見えるのです。

そして中里介山『大菩薩峠』のほうも、かなり時間軸がねじ曲がった作品なのです。

この大長編に「裏宿《うらじゅく》の七兵衛」という怪盗が出てきます。一晩で数十里も走るほどの俊足健脚の泥棒です。「七兵衛」は盗んだ金を貧民に分け与えたという義賊で、現在の青梅市裏宿町に実在した人物です。青梅市裏宿町の青梅街道沿いには「七兵衛公園」という公園があるほどです。

でもこの「裏宿の七兵衛」は実際には元文四年（一七三九年）には刑死しています。中里介山『大菩薩峠』という作品は、安政五年（一八五八年）から、慶応三年（一八六七年）に至る幕末の九年間の物語です。当然、「裏宿の七兵衛」は、その時代を生きているはずがありません。でも「七兵衛」は、この大長編の中で活躍する主要人物として描かれているのです。

例えば、冒頭で机竜之助に大菩薩峠で殺されてしまう老爺は、孫娘お松と一緒に巡礼していたのですが、そのお松を助けるのが「七兵衛」なのです。

もう一つ挙げてみましょう。

この大長編の終盤に「農奴の巻」という章があって、そこに村岡融軒著『史疑』という書物のことが出てきます。この本は徳川家康の真実の素性を突き止めようとした書物です。「結局この著者の研究の結果は、家康は簓者《ささらもの》の子であって、松平氏の若君でもなんでもない、十九歳までは乞食同様の願人坊主《がんにんぼうず》であった」という言葉が記されています。

でも、そんなことを記したこの本は、明治三十五年（一九〇二年）に刊行されたもので、当然、幕末を舞台に描いた『大菩薩峠』の時代に出版されているものではありません。ここでも『大菩薩峠』の中の時間は『１Ｑ８４』と同じように、ねじ曲がっているのです。

「二俣尾」。「駅の名前には聞き覚えがなかった。ずいぶん奇妙な名前だ」と村上春樹は『１Ｑ８４』の中で書いています。

もう二十年以上前のことですが、安岡章太郎さんが『大菩薩峠』について書いた『果てもない道中記』の雑誌連載が始まる前に、安岡さんのお供をして、羽村、青梅をはじめ、御岳《みたけ》など、中里介山と『大菩薩峠』のゆかりの土地を泊まりがけで歩いたことがあります。ですから、私も「二俣尾」という地名を知らないわけではありません。

でも『１Ｑ８４』の中に置かれた「二俣尾」について考えてみると、この名前は、何かが二つに分かれて、その痕跡が「尻尾」のようにして、残っているような感覚を伝える地名として、この作品の中にあるのではないかと思えてくるのです。

中里介山『大菩薩峠』の時代設定として始まる年、安政五年とは、安政の大獄が始まった年にあたります。また中里介山は日露戦争に際しては平民社の運動に参加して、非戦論に与《くみ》した人でもありました。その後、社会主義運動に対する懐疑を強めて、平民社のグループからは距離を置くようになるのですが、それでも親交のあった幸徳秋水らが、大逆事件で逮捕されて処刑されたことに大きなショックを受け、そのことが『大菩薩峠』という大作に影響を与えていることはよく知られています。

紹介した村岡融軒著『史疑』は、出版するとすぐに発禁となってしまいます。つまり徳川家康の真実を語る形をとりながら、当時の明治政府の元勲たちの氏素性が、それほど立派なものではないことを書いていたからです。

そのようなことを幕末を舞台にした『大菩薩峠』の中に平気で取り入れてしまう中里介山という人は、明治政府に対する強い批判の精神を抱いていた小説家なのでしょう。

表街道である甲州街道ではなく、裏街道である青梅街道を舞台に『大菩薩峠』を書いているのですから、そこにもう一つ別の世界があり得たことを書こうとしたのだと思います。「裏宿の七兵衛」という人物の活躍にも、私は「裏」という言葉への中里介山の深い愛着を感じるのです。

さらに犯罪者でありながら善をなす、義賊の「裏宿の七兵衛」と、「青豆」の存在が少し重なって私には感じられてくるのです。

少し横道にそれるかもしれませんが、二〇〇〇年に刊行された雑誌「ユリイカ」の特集「村上春樹を読む」」の年譜を見ると、マラソン好きの村上春樹は一九九〇年二月に「青梅マラソン」に参加しているようです。「二俣尾」も青梅マラソンのコースですので、村上春樹にとって、未知の場所ではありません。「裏宿の七兵衛」は一晩に数十里も走れる健脚です。マラソンランナーたちも、その健脚にあやかりたいらしく、「七兵衛」のお墓には、マラソンの瀬古利彦さんもお参りにきたというほどの人気のようです。

また、村上春樹は『平家物語』が大好きで、『1Q84』の中にも「ふかえり」が「壇ノ浦の合戦」の安徳天皇入水の場面を長々と暗唱するところがありますが、中里介山も九歳のころから『平家物語』を愛読していたそうですから、ここにもかなり共通した部分があると思います。

そういう両者の共通点のようなものを妄想して挙げていくときりがないのですが、村上春樹も明治以降の日本の近代というものに対して、批判的な視点を抱き、物語を書き続けてきた人だと、私は考えています。

そして、私が述べてきたように、村上春樹『1Q84』が中里介山『大菩薩峠』と強い対応性を秘めて書かれているとすれば、この『1Q84』という長編も、現実の「1984」年ではなく、あり得たかもしれないもう一つの世界を描こうとしているのではないだろうかと思えてくるのです。

ユートピアの追求

そんな視点から『大菩薩峠』と『１Ｑ８４』の対応性について、もう一つ例を挙げてみたいと思います。

両作が描く世界に、ユートピアの追求とユートピアの崩壊ということが一致してあるということです。

『大菩薩峠』には机竜之助と運命的に結ばれる、お銀様という激しく、驕慢な女性が出てきます。そのお銀様は、胆吹《いぶき》山付近でのユートピア建設の夢に燃えます。『大菩薩峠』は、そのユートピアが終盤に崩壊していく話でもあります。

先に紹介したように、『１Ｑ８４』の天吾とふかえりが「二俣尾」の戎野先生の家を訪ねる場面で、戎野先生はふかえりの父である深田保（リーダー）について話します。深田保は大学を離れた後、「タカシマ塾」というコミューンのような組織の中に家族ごと入っていったのです。

「深田はそういうタカシマのシステムにユートピアを求めたということになっている」と先生は

むずかしい顔をして言った。

そう村上春樹は書いています。

そのタカシマ塾は「さきがけ」という組織に分派し、深田保は、その農業コミューンのリーダーを務めるようになります。さらに「さきがけ」が分裂して、ふかえりはそこから脱出してしまいます。その分派コミューンは、今度は「あけぼの」という武闘派組織をつくります。このようにユートピアが、分裂し、崩壊していく点でも『1Q84』は『大菩薩峠』と通じ合う世界を持っていると思うのです。

そして、その「あけぼの」は本栖湖近くの山中で警官隊と銃撃戦を起こします。

警官隊との銃撃戦といえば、まず思い出されるのは「浅間山荘事件」ですが、大菩薩峠との関係でいえば、赤軍派が大菩薩峠付近で武装訓練中に五十人以上が逮捕された「大菩薩峠事件」という事件もあって、そのことにも対応して描かれているのではないかと思います。

その後「さきがけ」のほうが、カルト集団となっていくという展開です。

ならば、中里介山『大菩薩峠』も、村上春樹『1Q84』もユートピアの崩壊や消滅だけを描いた小説と言えるのか。私はそうとは思えません。

中里介山はユートピアを追求して、「一二俣尾」に「隣人道場」というものをつくっています。

理想の教育を目指して、図書館や武道館として開放していました。

そして村上春樹の書いた『1Q84』という作品も、ユートピアを追求し、そのユートピアが崩壊した後もそこに立ち留まり、実はあり得た、もう一つの世界の可能性を探り続け、考え抜こうとしている物語のように読めるのです。

「深田はそういうタカシマのシステムにユートピアを求めたということになっている」と戎野先生が「むずかしい顔」をして、天吾に言います。

しかしこれは、深田がユートピアを求めたことについて、否定している言葉ではないでしょう。「システムにユートピアを求めた」ことに対して、戎野先生は否定的で「むずかしい顔」をしているのではないかと、私は思います。そのように受け取るべき言葉だと思っています。人はユートピアを求めるものであるし、村上春樹もユートピアを追求し続けていると思います。しかしシステムにユートピアを求めてはいけないのです。

ならば、どのようにして、ユートピアの実現は可能か？ それを考え抜いた作品が『1Q84』という大長編なのだろうと、私は思っています。そんな視点から、『1Q84』を読んでみるのも、きっと面白いと思いますよ。

「歴史」の「実」

さてさて、そうです。「青豆」と「青」の関係について、述べなくてはいけません。私は村上春樹の「青」は「歴史」を表す色ではないかと考えているのですが、「青豆」のことが『1Q84』の冒頭近くで、次のように記されています。

歴史はスポーツとならんで、青豆が愛好するもののひとつだった。小説を読むことはあまりないが、歴史に関連した書物ならいくらでも読めた。（……）中学と高校では、青豆は歴史の試験では常にクラスで最高点をとった。

やはり「青」は「歴史」の色であり、「青豆」も「歴史」を表していると、私は思います。どんな歴史か？　それは、その音も似ていますが、まず「青梅街道」の「青梅」に繋がった「歴史」であるのだろうと思います。「青」と「植物の実」を合わせた名前であることも「青豆」と「青梅」は似ています。ですから「青豆」とは「歴史の実」という意味ではないかな……と空想しているのです。

前にも紹介しましたが、『1Q84』は主人公「青豆」が、高速道路を走るタクシーの中でヤナーチェックの『シンフォニエッタ』という曲を聴いている場面から始まっています。もう一人の主人公「天吾」も高校時代に、吹奏楽部の助っ人でティンパニを担当、やはりヤナーチェックの『シンフォニエッタ』を演奏しています。

さらに『1Q84』BOOK3で、新たに視点人物に加わる「牛河」もまた、自宅のラジオで同じ『シンフォニエッタ』を聴いています。ちなみに彼は『ねじまき鳥クロニクル』にも登場した人物ですが、その「牛河」はリーダーを殺害した者を追跡するために、「天吾」のアパートの一階に部屋を借ります。つまり『1Q84』は、視点人物の「青豆」「天吾」「牛河」の三者が「青梅街道」に近い高円寺に結集する物語となっているのです。

「天吾」は、ヤナーチェックの『シンフォニエッタ』を高校時代に演奏して以来、「それは天吾にとっての特別な意味を持つ音楽になっていた。その音楽はいつも彼を個人的に励まし、護ってくれた」そうです。

なぜ「天吾」にとって「特別な意味を持つ音楽」なのか。それは「非伝統的」ということなのではないでしょうか。『1Q84』の中に「青豆」が図書館に行って、ヤナーチェックの『シンフォニエッタ』について調べる場面があるのですが、その曲の「構成はあくまで非伝統的なもの」と記されているのです。つまりこの曲を聴く人たちは「非伝統的なもの」で繋がっている人たちなのでしょう。

『シンフォニエッタ』は一九二六年の作曲。大正十五年、つまり昭和元年に出来た曲ですが、その「昭和」という時代がバブル経済の直前までできた日本を舞台にして、そうではない日本、あり得たはずの別な日本を追求した作品が『1Q84』なのでしょう。

あり得たはずの近代日本の歴史をたどった時、その分かれ道が「二俣尾」という場所なのではないでしょうか。「青豆」はそんな歴史を体現している主人公なのだと思います。

最後に『大菩薩峠』に関連した本を紹介して、この章を終わりにしたいと思います。一つは、本章でも紹介した安岡章太郎さんの『果てもない道中記』(一九九五年)です。村上春樹が『若い読者のための短編小説案内』(一九九七年)の中で、「近作の『果てもない道中記』はとてもおもしろかった」と書いています。お薦めです。もう一つは野口良平さんの『「大菩薩峠」の世界像』(二〇〇九年)です。これもお薦めですよ。

第14章

「今でも耳は切るのかい？」

村上春樹作品と白川静文字学　その1

耳を切るという行為

講談社現代新書から『村上春樹を読みつくす』という本を出した際、村上春樹ファンの人たちから感想をいただいたのですが、その中に「一部、著者の深読みが過ぎる部分もあるが……」という声もありました。知り合いで、本を読んだ人たちに聞いてみると、白川静さんの漢字学に触れながら、私が『1Q84』の物語世界を読み解いている部分について、同じような感想を持っている人がいました。

私は漢字学の第一人者・白川静さんの最晩年の四年間、白川静さんから直接、漢字という文字の成り立ちを教えていただく機会があり、「白川文字学」と呼ばれる、その漢字学の世界、またそこからわかる古代中国の世界について、紹介する本を数冊書いております。その私の個人的な読書体験から、白川静さんの文字学と村上春樹作品を併せて読み解き、書いているのではないかとの感想のようでした。

小説作品の読みには「これが正解」というものがありません。各読者がまず自分なりの読み方で読むことが、一番大切なことだと私は思っていますし、この本で記していることも、私の個人的な読みにすぎません。

ですから、そのような指摘が間違っているわけではありません。また村上春樹は自作についての自己解説を絶対にしない人なので、その作品は読者の前に自由に開かれています。これは素晴らしいことです。読者が自由に自分の感想を述べ合うことができるのです。

私が、白川文字学と村上春樹作品の関係について記した部分についても、確かに私の個人的な読書体験を通しての妄想の一つにすぎないのですが、でもまったく根拠のない妄想でもありません。この章では、その白川静さんの漢字学の一部を紹介しながら、白川文字学が村上春樹作品の物語と関係しているのではないかと、私が考える点について、具体的な例を挙げて、少し述べてみたいと思います。

まず『アフターダーク』(二〇〇四年)から考えてみましょう。

同作は姉のエリが家で二カ月も眠り続けているので、いたたまれなくなった主人公・マリが家を出て、深夜の都会(私には渋谷のように思えます)をさまよう物語です。マリは中国語を学ぶ学生です。そして、この渋谷らしき場所にあるラブホテルで、中国人の娼婦が日本人の客から暴行を受けるという事件が起きます。マリは中国語が話せるために、暴行を受けた中国人娼婦の通訳のようなことをすることになり、物語の世界が展開していくのです。

逃走した暴行犯を捜して、中国人の組織の男が大型バイクに乗り、ラブホテル周辺にやってきます。そこでラブホテル「アルファヴィル」のマネージャーの「カオル」という女性が、その中国人の男と会話を交わす場面があります。

カオルは元女子プロレスの悪役で活躍した経歴の持ち主ですが、二十九歳の時に引退して、今はそのラブホテルの用心棒的なマネージャーをしています。そのカオルが「アルファヴィル」の防犯カメラに写っていた暴行犯の男の写真があるよ、と電話をしたので、中国人の組織の男がバイクに乗って、写真を受け取りに来たのです。

カオルは、その男に言います。

「今でも耳は切るのかい？」

男は唇を微かにゆがめる。「命はひとつしかない。耳は二つある」

「そうかもしれないけどさ、ひとつなくなると眼鏡がかけられなくなる」

「不便だ」と男は言う。

このやりとりは、ユーモアセンスもあって、いかにも村上春樹らしい会話でしょう。

でも、その会話の「今でも耳は切るのかい？」は、少し意味を受け取りがたい部分ではないでしょうか？

これは「馘耳《かくじ》」と呼ばれる行為です。

「取」という文字は、見てわかるように「耳」と「又」を合わせた文字です。この「又」は、三千年前の甲骨文字を見てみれば、「手」を表す形をしています。「耳」に、その「手」を加えた「取」という文字は、白川静さんの漢字学によれば「死者の耳を、手で切り取っている」文字なのです。

戦争の際、討ち取った敵の遺体を一つ一つ運ぶのはたいへんな労力なので、敵の遺体の左耳を切り取り、その数で戦功を数えたのです。その行為が「馘耳」です。「馘首《かくしゅ》」という言葉は「首を切る」ことですが、耳を切ることを「馘耳」と言います。

凱旋の際には、先祖の霊を祭る廟に「馘耳」した「耳」を献じたそうです。戦場で多くの耳を取る人がいたのでしょう。「取」は後にすべてのものを「とる」意味になりました。

白川静さんが住んでいた京都、また村上春樹の生地でもある京都に耳塚がありますが、これも「馘耳」の跡です。豊臣秀吉の朝鮮侵略の時に、武将たちが戦功の証拠として持ち帰った耳を集めた塚です。非戦闘員の耳まで切っていたようで、江戸時代に来日した朝鮮通信使たちが、江戸へ向かう途中、この耳塚を見て、たいへん心を痛めたという話もあります。

「今でも耳は切るのかい？」というカオルの言葉は、この「馘耳」についての質問です。中国人組織の男の「命はひとつしかない。耳は二つある」という答えも、左耳だけを切り取る「馘耳」を前提にした答えです。左耳だけを切るのは、両方の耳を切り取ったら、討ち取った敵の人数が倍になってしまうからです。両方の耳は切り取らないのです。そういう文化を前提にした会話なのです。

ちなみに「最」という文字にも「取」の字形が含まれていますが、この「最」の「曰」の部分は、頭巾や袋のことです。この「最」の古代の文字では袋（頭巾）のようなものが「取」の字形を覆っています。きっと戦場で「耳」をたくさん取りすぎて、袋に入れて持っていたのでしょう。そして、最も多くの耳を集めた戦士を「最」と呼びました。あまりいい言葉ではないですが、「最高殊勲戦士」が「最」のもともとの意味です。

ですから、この『アフターダーク』の「今でも耳は切るのかい？」というカオルの言葉は「今でも戦争をするのかい？」「でも命は一つしかないよ！」という意味にも受け取ることができるのです。

「白川」と「高橋」

さて、二人の会話が、ただ「馘耳」という行為を表しているだけでしたら、それは村上春樹の中にある、古代中国文化への知識が表出されているだけで、取り立てて、この本で取りあげる必要もないことだと思います。

でも、ラブホテルで中国人娼婦に暴行した男の名前は「白川」というのです。白川静さんは偉大な学者であるとともに、たいへんな人格者でもありました。ですから「白川」が悪人の名前として付けられているのはおかしいと思う人がいるかもしれません。しかし、村上春樹という作家は、そのようにあえて価値を反転させて記したり、名付けたりすることがあり得る作家だと、私は思っています。このことが村上春樹作品を単純に読み解くことを阻んでいますし、計量的にはかることも阻んでいる点なのだと、考えています。

ですから「白川」が中国人娼婦にひどい暴行を加えたからといって、では「白川静さん」と無関係であるとは言えないと思うのです。

カオルは、中国人の男に犯人（白川）の顔写真を渡しながら言います。

「この近辺の会社で働いているサラリーマンらしい。夜中に仕事をすることが多くて、前にもここに女を呼んだことがあるみたいだ。おたくの常連かもな」

実際、作中での「白川」は、同僚たちが帰ってしまった後のオフィスで「彼の机のある部分だけを、螢光灯の光が天井から照らしている」中、一人だけ残って仕事をしています。一人、職場に残って仕事をすることは、文字学者としての白川静さんもそうでした。作家で中国文学者の高橋和巳が、その死の直前の一九七一年三月に刊行した『わが解体』の中で、大学紛争時代の立命館大学で、夜遅くまで研究を続ける白川静さんについて書いた部分があります。少し長いですが、そのところを引用してみます。

立命館大学で中国学を研究されるS教授の研究室は、京都大学と紛争の期間をほぼ等しくする立命館大学の紛争の全期間中、全学封鎖の際も、研究室のある建物の一時的封鎖の際も、それまでと全く同様、午後十一時まで煌々と電気がついていて、地味な研究に励まれ続けていると聞く。団交ののちの疲れにも研究室にもどり、ある事件があってS教授が学生に鉄パイプで頭を殴られた翌日も、やはり研究室には夜おそくまで螢光がともった。内ゲバの予想に、対立する学生たちが深夜の校庭に陣取るとき、学生たちにはそのたった一つの部屋の窓明りが気になって仕方がない。その教授はもともと多弁の人ではなく、また学生達の諸党派のどれかに共感的な人でもない。しかし、その教授が団交の席に出席すれば、一瞬、雰囲気が変るという。無言の、しかし確かに存在する学問の威厳を学生が感じてしまうからだ。

たった一人の偉丈夫の存在が、その大学の、いや少くともその学部の抗争の思想的次元を上におしあげるということもありうる。

そのように高橋和巳はS教授（白川静さん）のことを書いています。この高橋が立命館大学の講師として採用される時に、四人の候補者の中から高橋を選抜したのが白川静さんでした。高橋の書いた「六朝期の文学論」がとても優れていたので、白川静さんが高橋を選んだのだそうです。そんな関係もあっての『わが解体』の文章なのかもしれません。

そして『アフターダーク』には、マリと知り合いとなる「高橋」という青年が登場します。つまり「白川」と「高橋」なのです。「白川」と「高橋」となると、つい私は、夜、煌々と蛍光灯がともる下で、漢字学、さらに中国文学や日本の万葉集の研究を続けた白川静さんのことを考えてしまうのです。まだ世間的には、それほど有名人ではなかった白川静さんのことを、大学内の「抗争の思想的次元を上におしあげる」偉大な存在として、最大級の賛辞をもって書き記した高橋和巳のことを思ってしまうのです。

でもこれだけでは、まだやはり私の妄想と言われても仕方がないかもしれません。

そこで『アフターダーク』の中で村上春樹が、この「白川」という男と中国人との関係を意識的に記述していると思われる場面があるので、その部分を紹介しましょう。

「白川」は午前四時ぐらいまで仕事をして、タクシーで「哲学堂」にある自宅に帰ります。

「白川」の乗ったタクシーはしばらく進んだところで赤信号で停車します。するとその隣に、例のバイクに乗った中国人の男が停車するのです。

タクシーのとなりで、中国人の男の乗った黒いホンダのバイクがやはり信号待ちをしている。二人のあいだにはわずか一メートルほどの距離しかない。しかしバイクの男は、まっすぐ前を見ており、白川には気づかない。白川はシートの中に深く沈み込んで、目を閉じている。

この時、「白川」は漢字の母国・中国の男と、わずか一メートルほどの至近距離にいる人として描かれています。

さらに、この「白川」が、まだ一人で職場にいる時に自宅の妻から電話がかかってくるのですが、妻は「夜食に何を食べたのか」を聞きます。すると「白川」は「ああ、中華料理。いつも同じだよ」と答えています。村上春樹の中華料理嫌いは有名ですし、この本でも紹介しています。その〝中華料理をいつも食べている白川〟という人物は、私には〝中国の文字をいつも研究している白川静〟とも受け取れて仕方がないのです。

『アフターダーク』における以上のようなことが、私が考える村上春樹作品と白川静さんの文字学との関係の第一歩ですが、実はそれよりも前の作品『スプートニクの恋人』（一九九九年）にも、白川文字学について述べているのではないかと感じられる部分があるので、そのことも紹介しましょう。

必要とされる犬の犠牲

「昔の中国の都市には、高い城壁がはりめぐらされていて、城壁にはいくつかの大きな立派な門があった」ということを、この長編の語り手である「ぼく」が「すみれ」に語る場面があります。「すみれ」は職業的作家になることを決意して、苦闘している女性ですが、その「すみれ」に「ぼく」は恋をしているという設定で物語が始まっています。

「門は重要な意味を持つものとして考えられていた。人が出たり入ったりする扉というだけではなく、そこには街の魂のようなものが宿っていると信じられていたんだ。（……）昔の中国の人たちがどうやって街の門を作ったか知ってる？」

「知らない」とすみれは言った。

「人々は荷車を引いて古戦場に行き、そこに散らばったり埋もれたりしている白骨を集められるだけ集めてきた。歴史のある国だから古戦場には不自由しない。そして町の入り口に、それらの骨を塗り込んだとても大きな門を作った。慰霊をすることによって、死んだ戦士たちが自分たちの町をまもってくれるように望んだからだ。でもね、それだけじゃ足りないんだ。門が出来上がると、彼らは生きている犬を何匹か連れてきて、その喉を短剣で切った。そしてそのまだ温かい血を門にかけた。ひからびた骨と新しい血が混じりあい、そこではじめて古い魂は呪術的な力を身につけることになる。そう考えたんだ」

これは白川静さんの文字学でいうと、「京」と「就」という文字に表れている古代中国の思想です。私には、そのように思えます。

「京」はアーチ状の、上に望楼などが設けてある門をそのまま文字にした象形文字です。これを軍営や都城の入り口に建てたもので「京観《けいかん》」と言います。

古代中国で、この「京観」を作るとき、戦場での敵の遺棄死体を集めて、それを塗り込んで築きました。のちの凱旋門にあたるものです。そのようにすると、強い呪力があると考えられていたのです。

「門」は人が出たり入ったりする扉というだけではなく「そこには街の魂のようなものが宿っていると信じられていたんだ」と村上春樹は書いていますが、白川静さんも、その「京はもと聖域の門をいう字であった」と述べています。そのような門を表している象形文字が「京」

という漢字です。

その「京」が完成する時に、生け贄の「犬」が埋められたり、殺された「犬」の血が門にかけられました。その殺された「犬」の血が「京」にかけられているのが、「就」という文字です。

「就」の右側の字形が、生け贄の「犬」です。その殺された「犬」の血がかけられることによって、凱旋門「京」が完成、成就するので「就」の文字ができたのです。

「ひからびた骨と新しい血が混じりあい、そこではじめて古い魂は呪術的な力を身につけることになる」と「ぼく」は「すみれ」に言います。そして、こう続けます。

「小説を書くのも、それに似ている。骨をいっぱい集めてきてどんな立派な門を作っても、それだけでは生きた小説にはならない。物語というのはある意味では、この世のものではないんだ。本当の物語にはこっち側とあっち側を結びつけるための、呪術的な洗礼が必要とされる」

「つまり、わたしもどこかから自前の犬を一匹見つけてこなくちゃいけない、ということ？」

ぼくはうなずいた。

（……）「できたら動物は殺したくないな」

「もちろん比喩的な意味でだよ」とぼくは言った。「ほんとに犬を殺すわけじゃない」

これは、村上春樹が自分の物語論を語っている部分でしょう。

そしてこの場面は『スプートニクの恋人』という物語全体を述べているような場面でもあると、私は思います。なぜなら同作には「すみれ」が書き残したという文書があって、その中に数カ所だけ、ゴシック体で記された部分があります。「いいですか、人が撃たれたら血は流れるものなんです」という言葉や、「血は流されなくてはならない」という言葉がそうです。そして後者に続けて、「わたしはナイフを研ぎ、犬の喉をどこかで切らなくてはならない」とあるのです。

その『スプートニクの恋人』は『ノルウェイの森』のラストと非常によく似た場面で終わっています。行方不明となった「すみれ」が、まるで霊のようにして「ぼく」のところに電話をかけてくるのです。「今どこにいる?」と「ぼく」が聞くと、「昔なつかしい古典的な電話ボックスの中よ」と「すみれ」が答えます。

これは『ノルウェイの森』の最後に「僕」が電話ボックスから「緑」に電話する場面と対応しているところです。「あなた、今どこにいるの?」と「緑」が「僕」に尋ねる場面です。「古典的な電話ボックスの中よ」というのは携帯電話世代からすると、しだいに町から消えつつある「公衆電話ボックス」のようにも読めるかもしれませんが、もちろん『ノルウェイの森』の最後に登場してきたなつかしい「電話ボックス」のことでもあると思います。

「すみれ」は、最後にこう言います。

「ねえ、わたしはどこかで——どこかわけのわからないところで——何かの喉を切ったんだと思う。包丁を研いで、石の心をもって。中国の門をつくるときのように、象徴的に。わたしの言うこと理解できてる？」

「できてると思う」

「ここに迎えにきて」

『１Ｑ８４』ＢＯＯＫ１の最後にも、「犬」が血なまぐさく殺される場面が出てきます。

『１Ｑ８４』の女主人公の「青豆」に「リーダー」の殺害を依頼する老婦人は、男性から暴行を受けた女性たちを保護する施設・セーフハウスを持っているのですが、その施設の門の近くに「ブン」という名の雌のドイツ・シェパードが番犬として飼われています。

ブンは「なぜか生のほうれん草を好んで食べる」という、けったいな犬ですが（ちょっと、ポパイみたいですね）、そのブンがある日、腹の中に強力な爆弾をしかけられて、それが爆発したかのように、ばらばらになって、肉片が四方八方に飛び散って死んでいたのです。

『１Ｑ８４』ＢＯＯＫ２の冒頭は、そんな「血なまぐさい」死に方をしたブンの話から始まっていて、この「犬」の死にショックを受けた「つばさ」という少女が、セーフハウスからいなくなります。そして「リーダー」の殺害という方向に物語が大きく動きだしていくのです。つまり『1Q84』のBOOK1とBOOK2とが、殺された「犬の血」で繋がれているともいえ、私は、ここにも『スプートニクの恋人』の「ぼく」の言う「こっち側とあっち側を結びつけるための、呪術的な洗礼」のようなものを感じるのです。

『スプートニクの恋人』というタイトルは、ソ連が打ち上げた世界初の人工衛星・スプートニク号からとられています。同作の一番最初の扉のところに、「スプートニク」とあって、一九五七年十月四日に1号が打ち上げられ、翌月三日にはライカ犬を乗せたスプートニク2号が打ち上げに成功。そのライカ犬は「宇宙空間に出た最初の動物となるが、衛星は回収されず、宇宙における生物研究の犠牲となった」とあります。

これまで、私が述べてきたことの延長線上に考えてみると、この宇宙研究のために生け贄となった「犬」を乗せたスプートニク2号のほうに、大きな比重を置いたタイトルだと言えるのではないでしょうか。

同作の中で、失踪した「すみれ」は〈人が撃たれたら、血は流れるものだ〉と書き残していました。

昔、サム・ペキンパーが監督した『ワイルド・バンチ』が公開された時に、一人の女性ジャーナリストが記者会見の席で手を挙げて質問しました。「いったいどのような理由で、あれほどの大量の流血の描写が必要なのですか？」と。

すると出演俳優のアーネスト・ボーグナイン（つい最近亡くなってしまいましたね）が、困惑した顔で「いいですか、レディー、人が撃たれたら血は流れるものなんです」と答えたそうです。「すみれ」の〈人が撃たれたら、血は流れるものだ〉はここからとられた言葉です。続いて「この映画が製作されたのはヴェトナム戦争がまっさかりの時代だった」とあるので、その血が「戦争」や人の「命」の姿をも語っているのでしょう。

転換、そして成長

さて『スプートニクの恋人』には、次のような「犬」の話も載っています。それを紹介して、この章を終わりにしたいと思います。

同作の主人公の「ぼく」は小学校の教師で、自分の教え子の母親と付き合ってもいるのですが、物語の終盤、その教え子がスーパーマーケットで万引きをして警備員に捕まってしまいます。教え子を引き取りに行っての帰り、「ぼく」は彼に「犬」のことを語ります。子どもの頃に犬を飼っていて、家族の中でその犬のことだけはすごく好きだったのに、小学校五年生の時、家の近くでトラックにはねられて死んでしまったことを、話すのです。

その「犬が死んでからというもの、ぼくは部屋に一人でこもって本ばかり読むように」なり、なにか困ったことがあっても「一人で考えて、結論を出して、一人で行動」するようになりました。

ここでも「犬」の犠牲が、「ぼく」を転換させているのです。「ぼく」はさらに、大学時代の友だち（すみれ）と会ってから、「少し違う考え方をするようになった」、「ひとりぼっちであるというのは、ときとして、ものすごくさびしいことなんだって思うようになった」と続けます。

この「ぼく」の語りは、ページにしたらかなり短いものですが、それをたどってみると、単に「犬」の死によって「ぼく」が変化したのではなくて、すごく好きだった「犬」の死を転換点にして、そこからさらに「すみれ」と出会い、「ぼく」が成長していったことが話されています。

そして「ひとりぼっちであるというのは、ときとして、ものすごくさびしいことなんだって思うようになった」という、その感情についてこう語ります。

「ひとりぼっちでいるというのは、雨降りの夕方に、大きな河の河口に立って、たくさんの水が海に流れこんでいくのをいつまでも眺めているときのような気持ちだ」

「たくさんの河の水がたくさんの海の水と混じりあっていくのを見ているのが、どうしてそんなにさびしいのか、ぼくにはよくわからない。でも本当にそうなんだ。君も一度見てみるといいよ」

私はこの文章を繰り返し、何度も読んでいるのですが、そのたびに立ち止まり、私の中にとても深い印象を残します。短編「5月の海岸線」に記されたような、幼い友人が集中豪雨で川に呑まれて死んだことが重なっていくようなさびしさなのでしょうか……。でも私には、この深い印象を残す文章のよさを的確に述べることができません。こういうところが小説を読む、最大の楽しみですね。

村上春樹作品と白川静さんの文字学の関係を追って、とても深い印象を残すが、その意味をうまく伝えることができない、小説を読むことのそんな楽しさにまで到達したことを喜びとして、この章を終わりにしたいと思います。

第15章

「水に放り込んで、浮かぶか沈むか見てみろ」

村上春樹作品と白川静文字学　その2

「呪術的」な世界

『1Q84』のBOOK1とBOOK2は、女主人公「青豆」と、男主人公「天吾」の章が交互に語られていくという村上春樹の得意なスタイルで描かれています。

小説家志望の天吾が最初に登場する第2章は、小松という年上の編集者と新宿駅近くの喫茶店で打ち合わせをしている場面から始まり、天吾は「ふかえり」という十七歳の美少女が書いた小説『空気さなぎ』のリライトを持ちかけられます。そして次の第4章が、そのふかえりと天吾が初めて会う場面で、二人は新宿の中村屋で待ち合わせをします。

本書の第13章でも紹介したように、天吾がふかえりと青梅の二俣尾近くに住む戎野先生を訪ねる場面でも、二人は新宿駅から中央線に乗っていますし、青豆はリーダーを殺害後、新宿駅のコインロッカーに預けておいた荷物をピックアップして、新宿から高円寺の南口の隠れ家に逃走していきます。ちなみに『世界の終りとハードボイルド・ワンダーランド』の「ハードボイルド・ワンダーランド」のほうの話で、地下の世界から脱出してきた「私」が新宿駅の荷物預けに預けておいた「ナイキのマークのついたブルーのスポーツバッグ」を地下鉄・丸ノ内線に乗って受け取りに行く場面があります。青豆のこの行動は、おそらくその場面に対応したものなのでしょう。預かり証を持っていない「私」は「ブーメランが押しつぶされたようなナイキのマーク」をメモ用紙に描いてみせて、一角獣の頭骨などが入ったブルーのバッグを受け取ります。村上春樹の一貫した「青」と「ブーメラン」へのこだわりがわかりますね。

また『1Q84』には青豆と親しくなり、渋谷のラブホテルで殺されてしまう「中野あゆみ」という女性が登場しますが、彼女は、警視庁新宿署交通課の婦警です。私は社会部記者時代、新宿警察署内に記者クラブがある「四方面担当」(「四」は村上春樹が好きな数ですが、それは新宿・中野・杉並の三区の担当です)と呼ばれる事件記者を二年間ほど務めましたので、毎日、同署内の記者クラブに出勤していましたが、その新宿警察署は青梅街道沿いに建っています。

『1Q84』での、この「新宿」の頻出ぶりに、つい中里介山『大菩薩峠』との関係を感じてしまうのですが、それはさておき、新宿での天吾との初対面の時、ふかえりは遅刻してきます。でも天吾は待ち合わせ前に紀伊国屋書店で本を買ってきたので、彼女を待つ間、買ったばかりの本を読み始めるのです。それは「呪術についての本だ」とあり、内容はこうです。

日本社会の中で呪いがどのような機能を果たしてきたかを論じている。呪いは古代のコミュニティーの中で重要な役割を演じてきた。社会システムの不備や矛盾を埋め、補完することが呪いの役目だった。なかなか楽しそうな時代だ。

その後に現れたふかえりは非常にきれいな少女で、まっすぐな黒い髪に手をやって、美しい指ではさんで梳《す》いたりします。「そこには何かしら呪術的なものさえ感じられた」とも村上春樹は加えています。

このように『1Q84』の天吾に関する冒頭は「呪術」に関する記述が非常に目立つ書き出しになっています。

古代中国の呪術的な世界に注目して、漢字と呼ばれる文字の成り立ちを解明し、新しく体系づけたのが白川静さんの研究ですが、呪術的な世界から始まっている『1Q84』にも、白川静さんの文字学と響き合うものを、私は感じるのです。それについて、具体的に何点か挙げながら、述べてみたいと思います。

水占の法

第15章
「水に放り込んで、浮かぶか沈むか見てみろ」

冒頭で紹介した新宿の喫茶店の場面で、小松はふかえりについて、「物語を語りたいという意志はたしかにある。それもかなり強い意志であるらしい」と言います。新人文学賞の下選考を依頼され、これまでたくさんの候補作を読んできた中で、初めて「手応えらしきもの」を感じたという天吾も、最終候補から落とすのではなく、「チャンスを与えてやるのは悪いことじゃないでしょう」と言います。すると、二人の間でこんな会話がされます。

「水に放り込んで、浮かぶか沈むか見てみろ。そういうことか？」
「簡単にいえば」
「俺はこれまでにずいぶん無益な殺生をしてきた。人が溺れるのをこれ以上見たくはない」

小松と天吾の間では、この「水に放り込んで、浮かぶか沈むか見てみろ。そういうことか？」ということの意味内容は共有されているようですが、果たしてこれは、どんなことを意味しているのでしょうか。みなさんは、どのように、この部分を読まれましたか。

これは古代中国の殷王朝を滅ぼした周の始祖・后稷《こうしょく》の神話などについて述べているのかなと、私には感じられました。后稷はせまい路地に棄てられ、林の中に棄てられ、また河の中の氷の上に棄てられたので、その名も「棄」と名付けられましたが、いずれも奇瑞《きずい》によって救われて生育、周王朝の始祖となったと言われています。

后稷の名である「棄」という文字は、その三千年前の甲骨文字を見ると、籠に入れられた赤子が、両手で押し出されるような形をしています。赤子の周りには水滴が付いていて、これは川の流れのことです。つまり、この文字は生まれたばかりの赤子が、川に棄てられている姿を表しているのです。そこから「棄」が「すてる」の意味となりました。

后稷の神話にあるような赤子を流棄する習俗は、中国ではしばしば行われていたようで「水占《みなうら》の法」に放り込んで、浮かぶか沈むか見てみろ」という天吾と小松の会話は、その「水占の法」について語っているのではないかと考えています。

西晋《せいしん》の張華《ちょうか》（232年～300年）という人が書いた『博物志』に「婦人妊娠して七月にして産す。水に臨みて兒を生む。便《すなは》ち水中に置き、浮くときは則ち取りてこれを養い、沈むときは便ちこれを棄つ」とあるそうです。そのことを白川静さんが『漢字の世界』の中で紹介しています。これが「水占の法」です。

「水占の法」に関係する文字は「棄」だけでなく、わかりやすい漢字では「浮かぶか沈むか見てみろ」の「浮」もその一つでしょう。「浮」の右側の字形の上部は「爪」の形で「手」の意味。その下に「子」を加え、さらに「氵(さんずい)」を加えた「浮」は水中に没している「子」を上から手で救おうとしている形で、そこから「うく」意味となったのです。張華の『博物志』にも「浮くときは則ち取りてこれを養い」とあります。

聖書のモーゼもパピルスの茎を編んで作った籠に入れられてナイル川支流に棄てられましたが、ファラオの娘に救われて「モーゼ」（エジプト語で「子」の意味）と名付けられています。日本にも新生児を一度棄てて、拾う俗がありますので、新生児流棄の話は、なにも中国ばかりではありません。

ですから「水に放り込んで、浮かぶか沈むか見てみろ。そういうことか？」という部分も欧米の人たちが読んだら、これはモーゼについてのことかなと感じるかもしれません。でも天吾がふかえりと会う直前に「呪術」についての本を読んでいることなどを考えると、やはりこれは水占の法などについて触れながら、天吾と小松が話し合っている場面ではないかと、私は思うのです。

古代の中国や日本にもあった、このような呪術的な側面に注目して、漢字の体系的な仕組みを解明したのが、白川静さんの文字学です。もちろんこれは私の空想にすぎませんが、遅れてくるふかえりを待つ間、天吾が読んでいた呪術に関する本も、もしかしたら白川静さんのものでは……と、つい考えてしまうのです。

白川静さんの文字学の業績で最も有名なものは「口《サイ》」の発見です。漢字の中の「口」の字形は顔にある「くち」の意味ではなく、「神様への祈りの言葉である祝詞《のりと》を入れる器『口《サイ》』

であることを発見し、「口」を含む漢字を新しく体系づけたのです。例えば「右」の「口」も「くち」ではなく、「口《サイ》」です。「ナ」の部分は「手」の形。つまり「右」という文字は、祈りの言葉を入れる器「口《サイ》」を右手に持って、神様に祈る形です。「口《サイ》」を持って神様へ祈る時には、いつも右の手に「口《サイ》」を持ったので「右」の字が「みぎ」の意味となったのです。

以上のようなことを理解したうえで、『1Q84』の次のような場面を考えてください。

「兄」と「妹」の可能性

天吾はふかえりとの初対面の時、こう感じます。

> ふかえりという十七歳の少女を目の前にしていると、天吾はそれなりに激しい心の震えのようなものを感じた。それは最初に彼女の写真を目にしたときに感じたのと同じものだったが、実物を目の前にすると、その震えはいっそう強いものになった。恋心とか、性的な欲望とか、そういうものではない。おそらく何かが小さな隙間から入ってきて、彼の中にある空白を満たそうとしているのだ。そんな気がした。それはふかえりが作り出した空白ではない。天吾の中にもともとあったものだ。彼女がそこに特殊な光をあてて、あらためて照らし出したのだ。

第15章
「水に放り込んで、浮かぶか沈むか見てみろ」

これは『村上春樹を読みつくす』でも示したことですが、私はこの場面は、天吾とふかえりが、実は「兄」と「妹」の関係にあることを述べているのではないかと考えています。「恋心とか、性的な欲望とか、そういうものではない」「天吾の中にもともとあったものだ。彼女がそこに特殊な光をあてて、あらためて照らし出したのだ」というのは、二人が「兄」と「妹」だからではないかと思うのです。

『1Q84』という大長編の天吾のほうの物語は、新宿での打ち合わせ中に起きた天吾の「発作」の描写から始まっています。

それは天吾の最初の記憶、一歳半の時の記憶です。その記憶の中で、天吾の母親は、父親以外の男と関係しているのです。続いて、天吾が千葉県市川市で生まれ育ったこと、母親は天吾が生まれてほどなく、病を得て死んだと父親が言っていたこと、兄弟はいないこと、また今は高円寺に住んでいることなどが紹介されています。そこに「兄弟はいない」と書かれていますが、でも「妹」がいないとは記されていません。

母親が天吾を育ててくれた父親ではない、若い男と関係しているという幻影、その「発作」は何度か『1Q84』の中で描かれています。その「若い男が、自分の生物学的な父親ではないのか、天吾はよくそう考えた」とありますし、「自分の父親ということになっている人物」

は「あらゆる点で天吾には似ていなかった」とも記されています。

「天吾は背が高く、がっしりした体格で、額が広く、鼻が細く、耳のかたちは丸まってくしゃくしゃしている。父親はずんぐりとして背が低く、風采もあがらなかった。額が狭く、鼻は扁平で、耳は馬のように尖っている」のです。

その天吾とふかえりが「兄」と「妹」なのではないのかと、私が考えている理由の一つに、白川静さんの漢字学による読みが反映しています。それは次のような場面です。

初めてふかえりと会い、天吾は強く激しい心の震えのようなものを感じます。そして「ふかえりの真っ黒な瞳が何かを映し出すように微かにきらめいた」と天吾が感じると、そこで彼は次のような奇妙なかっこうをします。

天吾は両手で、空中にある架空の箱を支えるようなかっこうをした。とくに意味のない動作だったが、何かそういった架空のものが、感情を伝えるための仲立ちとして必要だった。

村上春樹自身が「とくに意味のない動作だったが」と記しているほど、この天吾のかっこうは非常に意味をつかみがたいものです。

でも、意味のつかみがたい、この部分に白川静さんの文字学を当てはめてみますと、「両手で、空中にある架空の箱を支えるようなかっこう」とは「兄」という漢字が表している姿なのです。

「兄」という文字は「口」と「儿《じん》」を合わせた形をしています。「儿」は横から見た人間を表す形です。「儿」の上にある「口」は、前記したように顔の「くち」ではなく、神様への祈りの言葉である祝詞を入れる器「口《サイ》」のことです。つまり「兄」は、この祈りの言葉を入れる器「口《サイ》」を捧げ持って、家の祭りをしている人を横から見た文字です。家の祭りは兄弟の中で一番上の「兄」が行ったので、「兄」が「あに」の意味となったのです。

「ふかえりの真っ黒な瞳が何かを映し出すように微かにきらめいた」と天吾が思うと、彼は白川静さんの文字学でいう「兄」のかっこうで応えます。それゆえに、天吾とふかえりが「兄」と「妹」の関係にあるのではないかと、私は考えているのです。

そして天吾とふかえりが「兄」と「妹」だとすれば、ふかえりの父親で、作中、青豆に殺されるリーダー（深田保）が、天吾の実の父親であるということになります。

天吾とふかえりが、青梅街道沿いの二俣尾に住む、ふかえりの育ての親である戎野先生を訪ねる場面がありますが、そこで戎野先生は深田保について、彼は「身体も大きい。そうだな、ちょうど君くらいの体格だ」と天吾に説明します。

天吾は、自分の父親ということになっている人とは、あらゆる点で似ていません。でも、ふかえりの父親は「ちょうど君くらいの体格」なのです。この戎野先生の発言も、天吾とふかえりが「兄」と「妹」であるならば、その意味をよく受け取ることができるのです。

以上が天吾とふかえりが実は「兄」と「妹」なのではないかと、私が妄想する理由です。もちろん「天吾は両手で、空中にある架空の箱を支えるようなかっこうをした」と村上春樹が記した部分に、白川文字学をそのまま当てはめて、その部分が「兄」の字形であると考えることが許されるならばという前提でのことなのですが。

「さきがけ」の方針転換

『1Q84』のBOOK2で、「青豆」がリーダー殺害のため、対決している場面と同時刻、雷鳴が激しく響く中、「天吾」と「ふかえり」が交わります。これは私の考え方からすると、「兄」「妹」の近親相姦の場面ということになりますが、同作のBOOK3になると、ふかえりではなくて、青豆のほうが天吾の子をお腹に宿しているという話に展開しています。天吾はふかえりと交わり、その子を青豆が妊娠しているのです。

雷鳴轟く大雨の夜に、そのような〝ねじれ〟が物語の中に出現するのですが、このあたりの転位は実に村上春樹らしい展開だと思います。もちろん、その時点では青豆は、まだ天吾との再会を果たしていません。でも青豆自身の考えによると「リーダーはそのためにあの雷雨の夜、異なった世界を交差させる回路を一時的に開いて、私と天吾くんとをひとつに結び合わせたのかもしれない」のです。

リーダーは、自分が殺されれば、カルト的な集団である「さきがけ」に「一時的な空白が生じる」ため、青豆が「わたしの命を奪うことを妨げようとしている」と言います。でもその後で、予言めいたことを口にするのです。

「彼らには君を破壊することはできない」

「どうして」と青豆は尋ねた。「なぜ彼らには私を破壊することができないの?」

「すでに特別な存在になっているからだ」

「特別な存在」と青豆は言った。「どのように特別なの?」

「君はそれをやがて発見することになるだろう」

(……)

「あなたの言っていることは理解できない」

「いずれ理解するようになる」

これは読者に対する予告ですね。

つまり『1Q84』BOOK3での青豆の妊娠が予告されている部分でしょう。青豆の妊娠は性行為を含まない〝処女懐胎〟のような謎の妊娠ですが、どうもその青豆の妊娠を知ったことから、あれほど青豆を追撃しようとしていた「さきがけ」の人たちが、青豆のお腹の子の確保へと向かっていくのです。

そのことをめぐる青豆と、青豆の逃走を助けるタマルとの次のようなやりとりがあります。

「リーダーの殺害とその謎の受胎とのあいだに、何か因果関係はあるのだろうか？」

「私には何とも言えない」

「ひょっとして、あんたのお腹の中にいる胎児がリーダーの子供だという可能性は考えられないか？　どんな方法だかはわからんが、なんらかの方法をとって、リーダーがそのときにあんたを妊娠させたと。もしそうであれば、連中があんたの身柄をなんとか手に入れようとしているわけはわかる。彼らはリーダーの後継を必要としている」（……）

「そんなことはあり得ない。これは天吾くんの子供なの。私にはそれがわかる」（……）

「しかしそれにしてもものごとの筋道がまだ見えてこない。彼らは最初のうちはあんたを捕まえて厳しく罰しようとしていた。しかしある時点で何かが起こった。あるいは何かが判明した。そして彼らは今ではあんたを必要としている。あんたの安全を保障するし、彼らの側にもあんたに対して与えられるものがあると言う」

タマルは、牛河というさきがけ側の追跡者を殺害した後に、さきがけ側に連絡を取って、彼らの青豆に対する方針転換を知ります。「我々は彼女に害をなすつもりはありません」「青豆さんをこれ以上追及するつもりはありません」と彼らは言うのです。

そして、その理由は「彼らは声を聴くものを必要としている」ということのようなのです。「つまりあんたのお腹の中にいる子供が、その〈声を聴くもの〉ということになるのか?」「しかしいったいどのような理由で、川奈天吾とあんたとのあいだにできる子供が、そんな特別な能力を身につけることになるのだろう?」とタマルは問いかけますが、それは青豆にも「わからない」ことなのです。

これらは村上春樹が、青豆の妊娠と、さきがけ側の急な方針転換について、読者にそれはなぜなのだろうと問いを発している部分ですね。ここで、これまで述べてきたように、天吾とふかえりが「兄」と「妹」の関係であるということを置いてみれば、すべてのことがそのまま受け取れるのではないでしょうか。

天吾とふかえりが「兄」と「妹」であり、天吾がリーダーの子であるならば、青豆のお腹の中にいる子供はリーダーの血を引き継ぐ子供であり、リーダーの死によって生まれる「空白」を埋めることが可能な存在となり得るのです。

そして私がそう考える出発点に、白川静さんの文字学があるのです。天吾がリーダーの娘であるふかえりと初めて会った時の「天吾は両手で、空中にある架空の箱を支えるようなかっこうをした」という謎の振る舞いを、白川静さんの漢字学から「兄」の字形を示す姿だと受け取ってみれば、物語の最初に、そのことを村上春樹が告げていたのではないか、と私には思えるのです。

「声を聴くもの」

さて、なぜ、さきがけ側は方針を変換したのか。その理由は「彼らは声、を聴くもの、を必要」としていたからです。青豆の「お腹の中にいる子供が、その〈声を聴くもの〉」になり得るからです。この〈声を聴くもの〉は作中に繰り返し出てきますが、この考え方も、白川静さんの漢字学を学んだ者にとって、非常に親しみ深いものです。そのことを紹介しましょう。『1Q84』の中で〈声を聴くもの〉が最初に読者に紹介されるのは、リーダー殺害のために、青豆とリーダーが対決する場面です。

リーダーが青豆に「フレイザーの『金枝篇』を読んだことは？」と問います。イギリスの人類学者・フレイザーの代表作が『金枝篇』ですが、それについてリーダーは語ります。

「興味深い本だ。それは様々な事実を我々に教えてくれる。歴史のある時期、ずっと古代の頃だが、世界のいくつもの地域において、王は任期が終了すれば殺されるものと決まっていた。任期は十年から十二年くらいのものだ。任期が終了すると人々がやってきて、彼を惨殺した。それが共同体にとって必要とされたし、王も進んでそれを受け入れた。その殺し方は無惨で血なまぐさいものでなくてはならなかった。またそのように殺されることが、王たるものに与えられる大きな名誉だった」

続いて〈声を聴くもの〉のことが出てきます。

「どうして王は殺されなくてはならなかったか？　その時代にあっては王とは、人々の代表として〈声を聴くもの〉であったからだ。そのような者たちは進んで彼らと我々を結ぶ回路となった」

『金枝篇』と「殺される王」と言えば、村上春樹が大好きな映画、フランシス・コッポラがヴェトナム戦争を描いた『地獄の黙示録』を思う人もいると思います。『地獄の黙示録』に登場するカーツ大佐もカンボジアのジャングルの中に独立王国を築き、王のように君臨していました。そのカーツ大佐殺害の命令を受けたウィラード大尉によって、最後に「王」のようなカーツ大佐が殺されるという映画が『地獄の黙示録』ですが、そのカーツ大佐も『金枝篇』を読みながら、自分を殺しにやってくる人間を待っていました。『1Q84』のリーダーも自分を殺しにくる者を待つ王のような存在で、自分を殺しにきた青豆に『金枝篇』について語るのです。

『1Q84』で青豆がリーダーの姿を初めて見る場面では「ベッドの上には小山のような黒々とした物体があった。その不定形の輪郭が、そこに横たわった人間の体軀を表しているとわかるまでに、更にまた時間を要した」と書かれています。『地獄の黙示録』を見た人には、このリーダーの姿に、『地獄の黙示録』でカーツ大佐を演じたマーロン・ブランドのことを思った人もいたようです。

村上春樹は長編エッセイ『走ることについて語るときに僕の語ること』(二〇〇七年)の中で『羊をめぐる冒険』(一九八二年)について「この作品が小説家としての実質的な出発点だった」と述べていますが、『地獄の黙示録』は、その『羊をめぐる冒険』への影響も指摘される作品です。フランシス・コッポラのファンたちには、この『金枝篇』の話も含めて、青豆がリーダー殺害の依頼を引き受けて、リーダーを殺すという『1Q84』の物語を『地獄の黙示録』と重ねて読んだ人もいたのではないかと思います。

そのことを指摘したうえで、でも私には、青豆に語りかけるリーダーの『金枝篇』についての話にも、白川静さんの考え方に響き合うものを感じるのです。そのことについて紹介しておきたいと思います。

「殺される王」

白川静さんの『中国古代の文化』という本の中に「殺される王」という項があって、そこで、やはりフレイザー『金枝篇』を引用して、古代の王たちが呪術師であり、最後には犠牲として殺される運命にあるものだったことが述べられています。

例えば、ある系統の王によって治められていた南太平洋の珊瑚島では、その王は同時に大司祭であり、食物を増殖させると信じられていたので、飢饉がくると民衆は怒って王を殺してしまったそうです。次々に殺害されるので、ついに誰も王の位に即くことを欲しなくなり、その王朝は没落してしまいました。また、朝鮮では作物が実らぬ場合は、王は譴責《けんせき》され、位から退けられたり、殺されたりしたそうです。こうした例が、『金枝篇』の中から紹介されているのです。

白川静さんによると、古代中国では、王は神に仕える巫祝《ふしゅく》（聖職者）でした。神と交信・交通ができる者として、権力を形成している巫祝たちの長として存在していたのです。占いで、神と交信して、神の声を聴き、その聴いた神の声を記録するために生まれた道具が、後に漢字と呼ばれる文字です。ですから「王」はまさに〈声を聴くもの〉だったのです。

『1Q84』で、青豆がリーダーのいるホテルの部屋に入ろうとすると、リーダーについている者が「あなたがこれから足を踏み入れようとしているのは、いうなれば聖域のようなところなのです」「これからあなたが目になさるものは、そして手に触れることになるものは、神聖なものなのです」と言います。

その「聖域」「神聖」の「聖」という漢字こそが、神の〈声を聴くもの〉という文字なのです。この「聖」の「耳」の右にあるのは、「兄」の文字のところでも紹介したように、神様への祈りの言葉である祝詞を入れる器「口《サイ》」です。下は「つま先で立つ人を横から見た姿」の字形です。その神に祈り、つま先立ちで、耳を澄ませて、神のお告げを聴いている人の姿を文字にしたものが「聖」です。つまり、これは神の〈声を聴くもの〉を文字にしたものなのです。

〈声を聴くもの〉の「聴」にも「耳」がありますが、この「聴」も〈声を聴くもの〉を表す文字です。その旧字「聽」の左部分は「耳」と、「聖」の下部にもある、つま先で立つ人の姿を合わせた形です。それに、「徳」の旧字「德」の右部分を合わせた文字が「聽」という文字で、この「聽」は神のお告げを聴いて、理解できる聡明な人の「徳」のことを表した漢字です。

いやいや、ここで白川静さんの文字学全般について、述べたいわけではありません。村上春樹の作品で、白川静さんの文字学と響き合っているように感じられるものについて、もう少し紹介しておきたいのです。

古代中国でも日照りが続く時には、巫祝たちが雨乞いの祈りをしました。それでも雨が降らないときには、巫祝自身が火で焚《や》かれて、雨乞いの祈りに捧げられました。

「嘆願」の「嘆」や「飢饉」の「饉」の右側や、「艱難」の「艱」の左側の字形はすべて「日照り」の意味で、それらは両手を縛られ、頭上に神様への祈りの言葉を入れる器「口《サイ》」を載せた巫祝たちが、下から火で焚殺されている姿を文字にしたものです。

「嘆願」の「嘆」とは「祝詞を唱え、巫祝を焚き、雨を求めて神に嘆き訴えること」であると白川静さんは説明しています。つまり、日照りで雨のないことを「なげく」文字が「嘆」なのです。

紹介したように古代中国の「王」は〈声を聴くもの〉の長、巫祝長（聖職者長）でしたから、さらに日照りが続けば、雨乞いのために「王」も自らの体を火で焚き、殺されてしまう存在でした。そのような「殺される王」として「王」があったことが、殷の始祖とされる湯《とう》の説話にも残っています。

ちなみに『1Q84』BOOK3に、天吾がアイザック・ディネーセンの『アフリカの日々』を病に伏している父親に読んでやっていることが書かれています。『アフリカの日々』は、メリル・ストリープ、ロバート・レッドフォード主演の映画『愛と哀しみの果て』の原作になった有名な作品ですが、天吾はその『アフリカの日々』を父親を看護する看護婦にも読んであげます。

それは「もっと雨を、どうぞ十分以上の雨を降らせて下さい」という「嘆願」の場面、雨乞いの場面です。『金枝篇』には、アフリカでの「殺される王」の例がたくさん記されていますが、この『アフリカの日々』を読む場面は、おそらく『金枝篇』の記述を受けてのことではないかと、私は思います。

「古代の世界においては、統治することは、神の声を聴くことと同義だった。しかしもちろんそのようなシステムはいつしか廃止され、王が殺されることもなくなり、王位は世俗的で世襲的なものになった。そのようにして人々は声を聴くことをやめた」

リーダーは、そのように青豆に説明します。青豆が「そしてあなたは王になった」と言うと、リーダーは「王ではない。〈声を聴くもの〉になったのだ」と答えるのです。

「古代の世界においては、統治することは、神の声を聴くことと同義」ですから、「王ではない。〈声を聴くもの〉になったのだ」とは、世俗的・世襲的な王ではなく、「古代の王になった」という意味の言葉でしょうか。

「あなたに命を奪ってもらいたいとわたしは思う」「どのような意味合いにおいても、わたしはもうこれ以上この世界に生きていない方がいい。世界のバランスを保つために抹消されるべき人間なのだ」

リーダーがそう言います。実に古代の王らしい言葉です。このように、古代の王の持つ力が〈声を聴くもの〉という言葉によって、『1Q84』の中で表されています。私はここにも、白川静さんの文字学と響き合うようなものを感じているのです。

第16章

主人公たちは大粒の涙をこぼす

泣く村上春樹

泣いたら物語が終わる

村上春樹の小説の主人公や、大切な登場人物は重要な場面でよく泣きます。大粒の涙をこぼして泣くのです。いくつか具体的な例を挙げてみれば、その泣きぶりがわかります。

一番大泣きしているのは『羊をめぐる冒険』のラストでしょうか。

僕は川に沿って河口まで歩き、最後に残された五十メートルの砂浜に腰を下ろし、二時間泣いた。そんなに泣いたのは生まれてはじめてだった。二時間泣いてからやっと立ち上ることができた。

デビュー作『風の歌を聴け』では「犬の漫才師」と呼ばれるラジオのディスクジョッキーが何度か出てきます。この作品を動かしていく人物だとも思いますが、同作の最後にも登場した彼が、病気で三年も入院しているという十七歳の女性の聴取者からの手紙をもらって、それを読む場面があります。

この手紙を受け取って、ディスクジョッキーは

急に涙が出てきた。泣いたのは本当に久し振りだった。


と書いてあります。そして、この次のページで、主人公の「僕」が東京に帰り、物語は終わりに向かうのです。

日本国内だけでも単行本、文庫の上下巻合わせて一千万部を超えているという驚異的なベストセラー『ノルウェイの森』では、どうでしょうか。この小説は「緑」という女性に「君と会って話したい」と「僕」が電話する場面で終わっています。

この場面はかなり有名ですが、その直前に「僕」がレイコさんという女性と握手して別れる場面があります。レイコさんは言います。


「あなたと会うことは二度とないかもしれないけれど、私どこに行ってもあなたと直子のことをいつまでも覚えているわよ」

僕はレイコさんの目を見た。彼女は泣いていた。

「直子」はこの小説に登場し、自殺してしまう女性です。そして、その一ページ後で『ノルウェイの森』は終わっています。

さらに他の作品についても加えましょう。

『海辺のカフカ』は米国のニューヨーク・タイムズ紙で二〇〇五年「ベスト十冊」にも選ばれた作品ですが、この長編の最後に主人公の「僕」が現実世界である東京に戻っていく場面が書かれています。

その時、「僕」は新幹線で帰るのですが、名古屋を過ぎたあたりから雨が降り始めます。「僕」は車窓の雨粒を眺めながら、

目を閉じて身体の力を抜き、こわばった筋肉を緩める。列車のたてる単調な音に耳をすませる。ほとんどなんの予告もなく、涙が一筋流れる。

のです。そして、やはり次のページで、この長編小説は終わっているのです。

もう一つ、例を挙げてみましょう。二〇〇四年に刊行された『アフターダーク』です。この長編の主人公は深夜のファミリーレストラン「デニーズ」で独り本を読む、マリという女子学生です。そのマリは誰にも話したことのない悩みを抱えています。それはマリの姉・エ

リが家で二カ月も眠ったままで、以来マリは家でうまく眠れないのです。その不眠のマリが眠れて、眠ったままの姉エリに目覚めがやってくるという小説ですが、作品の最後にマリがエリに添い寝をする場面があります。するとマリの目から、

何の予告もなく、涙がこぼれ出てくる。とても自然な、大きな粒の涙だ。その涙は頬をつたい、下に落ちて姉のパジャマを湿らせる。それからまた一粒、涙が頬をこぼれ落ちる。

と書かれているのです。

まだまだ幾つも紹介できますが、村上春樹の小説にとって、主人公や重要な人物が泣く場面がたくさんあることはわかってもらえたと思います。このように、最後に泣く場面が多いので、そこに向かって物語が進んでいく感覚がありますし、主人公が泣いたら物語が終わりというふうに考えることもできます。

涙は「切実な問題」の表れ

さて、では村上春樹の小説の主人公や重要人物たちはなぜ泣くのでしょう。その問題を考

えなくてはならないと思います。

話をわかりやすくするために、これまでと同様、結論を先に書いてしまいましょう。村上作品の主人公や重要人物たちはなぜ泣くのか。それは彼らが自分にとっての「切実なこと」に気づいたからだと思います。

感動して、泣いちゃった……。悔しくて、泣けた……。理由はいろいろあると思いますが、人間が泣くのは、ある「切実なこと」の反映なのです。年をとると、つい涙もろくなり、よく泣きますが、でも考えてみれば、そこまで生きてきた人生の中で育てられた、その人なりの切実な感情が反映されているのでしょう。

深い悲しみと涙の原因には、自分のことだけでなく、家族のこと、友人のことなどに不幸や不安がおとずれたり、そのことによって自分の過去の記憶をはっきり思い出したり、さまざまなことがありますが、これらはみな、その人間にとって「切実なこと」なのです。そして人は泣くことで、日ごろは忘れている、自分の大切なものにハッと気がつくのです。

登場人物たちは、きっとこのことがよくわかっていて、たくさん泣くのだと思います。

例えば『アフターダーク』のマリはベッドの上で頬の涙を拭いながら思います。

ひどく唐突な感情だ。でも切実な感情だ。涙はまだこぼれ続けている。マリは手のひらに、落ちてくる涙を受けとめる。落ちたばかりの涙は、血液のように温かい。体内のぬくもりをまだ残している。

マリの思いか、筆者の思いか、どちらとも受け取れるような文体で書いていますが、ここで村上春樹は「切実な感情」と「涙」との関係を簡潔に述べているのだと思います。この「泣く」という行為が、我々にとってどのような意味を持っているのか。そのことを村上春樹自身が述べていると思われる部分が同作にあるので、それを紹介しましょう。

主人公マリが「デニーズ」で分厚い本を読んでいると、背の高い若い男から声をかけられます。それは「高橋」という若者で、彼の親友がマリの姉・エリと一時付き合っていたことがあって、二年前の夏に、四人でホテルのプールに行ったことがあるのです。その高橋と偶然、デニーズで出会ったというわけです。

マリも高橋のことを覚えていました。彼の頬には深い傷跡があったからです。何だか『ねじまき鳥クロニクル』の「オカダ・トオル」や赤坂ナツメグの父親の頬の青いあざを思い出してしまいますが、高橋のその傷は子どものころ、自転車の事故で負ったものです。

二人がしばらく話したところで、高橋はトロンボーンの練習のために去っていきますが、今度は大柄の女性がマリの前に現れて、中国人との通訳をしてくれないかとマリに頼みます。

マリが中国語を話せることを高橋から聞いたので、頼みにきたのです。

その女性はラブホテルのマネージャーをしている「カオル」で、日本人の客からひどい暴行を受けた中国人の女性がいるので、一緒にそのラブホテルまで来てほしいというのです。そうやって、動きだしていく物語です。

そして、そのラブホテルの名前は「アルファヴィル」と言います。それはジャン＝リュック・ゴダールの映画からとられた名前です。

アルファヴィルの恐怖

『アルファヴィル』（一九六五年）という作品は、マリが「いちばん好きな映画のひとつ」でした。『夢を見るために毎朝僕は目覚めるのです』（二〇一〇年）という村上春樹へのインタビュー集によると、村上春樹自身も、この『アルファヴィル』がすごく好きで、高校時代に見たそうです。「ジャン＝リュック・ゴダールは、十代の僕にとってのヒーローの一人だった」とも語っているので、マリの言葉は村上春樹自身のものでしょう。

でも、そのラブホテルのマネージャーであるカオルのほうは命名の理由がわかりません。逆に「で、どういう意味なんだい、アルファヴィルって？」とマリに質問します。

そこでマリが、近未来の架空の都市の名前であること、観念的な映画であること、白黒映画であることなどを説明します。そして「観念的」であることについて、こう説明します。

「たとえば、アルファヴィルでは涙を流して泣いた人は逮捕されて、公開処刑されるんです」

「なんで？」

「アルファヴィルでは、人は深い感情というものをもってはいけないから。だからそこには情愛みたいなものはありません。矛盾もアイロニーもありません。ものごとはみんな数式を使って集中的に処理されちゃうんです」

（……）

「そのアルファヴィルには、セックスは存在するわけ？」

「セックスはあります」

「情愛とアイロニーを必要としないセックス」

「そう」

カオルはおかしそうに笑う。「それって考えてみれば、ラブホの名前にはけっこうあってるかもな」

確かにラブホテルの経営者による自覚的な名付けだとすれば、かなりアイロニカルな命名ですね。

このゴダールの『アルファヴィル』の内容をマリが説明した部分に、いくつか村上春樹作品を読んでいくうえで、重要なヒントが含まれていると、私は考えています。

例えば、アルファヴィルでは「矛盾もアイロニーもありません。ものごとはみんな数式を使って集中的に処理されちゃうんです」というのは、この本の冒頭でも紹介したカタルーニャ国際賞の受賞スピーチで、村上春樹が批判した「効率社会」のことでしょう。効率を求めて、一つの視点から人を整列させて、集中的に処理してしまうシステムのことです。

そんな効率社会、管理社会の恐怖を描いてみせた『アルファヴィル』を、マリは「いちばん好きな映画のひとつ」に数えているのです。

マリが通訳した中国人娼婦は自分と同じ十九歳の女の子でした。郭冬莉《グオ・ドンリ》というその中国人女性について、マリは高橋に話します。


「一目見たときから、その子と友だちになりたいと思ったの。とても強く。そして私たちは、もっと違う場所で、違うときに会っていたら、きっと仲のいい友だちになれたと思うんだ。私が誰かに対してそんな風に感じることって、あまりないのよ。あまりっていうか、全然っていうか」

さて、誰かに対して友だちになりたいなんて感じることは全然ないマリが、なぜその郭冬莉を「一目見たときから、その子と友だちになりたいと思ったの。とても強く」と感じたのか。その理由は、最初にまだ話しかける前に（一目見たときから）郭冬莉が「両手で顔を覆って声を出さずに泣いて」いたからではないでしょうか。私は、そう考えています。

「アルファヴィルでは涙を流して泣いた人は逮捕されて、公開処刑」されてしまいます。郭冬莉は、その公開処刑されてしまう一人です。つまり泣いている郭冬莉は「深い感情というものをもって」いる人なのです。「情愛みたいなもの」を持っている人なのです。

紹介したように、この『アフターダーク』という作品は、最後にマリが姉のエリに添い寝をすると、マリの目から「何の予告もなく、涙がこぼれ出てくる」物語です。つまり、マリもアルファヴィルでは「逮捕されて、公開処刑」されてしまう人なのです。マリも「深い感情」と「情愛みたいなもの」を持っている人で、だからマリは郭冬莉を「一目見たときから、その子と友だちになりたいと思ったの。とても強く」と感じたのでしょう。

そういう目で、この『アフターダーク』を読んでみると、高橋という青年も少し違う感じに見えてきます。いまはトロンボーンに熱中しているが、これから司法試験を目指したいと思っている高橋が、霞が関の東京地方裁判所で刑事事件の傍聴をした体験をマリに話す場面があります。

それは立川であった放火殺人事件で、老夫婦を鉈《なた》で殺して預金通帳と印鑑を奪い、証拠隠滅のために家に放火した男への死刑判決の裁判でした。それを傍聴しながら高橋は、国家や法律などが持つ、異様な生き物のような姿に対して「深い恐怖」を感じるのです。

それはまるで巨大なタコのようなもので、

「どれだけ遠くまで逃げても、そいつから逃れることはできないんだという絶望感みたいなもの。そいつはね、僕が僕であり、君が君であるなんてことはこれっぽっちも考えてくれない。そいつの前では、あらゆる人間が名前を失い、顔をなくしてしまうんだ。僕らはみんなただの記号になってしまう。ただの番号になってしまう」

とマリに語るのです。これは「矛盾もアイロニーもありません。ものごとはみんな数式を使って集中的に処理されちゃう」アルファヴィルの恐怖ですね。

そして、極悪非道な男の死刑判決を聴き、家に帰ってきた高橋は、なぜか「身体が細かく震え始めて、とまらなくなった。そのうちにうっすらと涙まで出てきた」とマリに語るのです。死刑判決を聴いて涙する高橋も、アルファヴィルでは「逮捕されて、公開処刑」される一人です。ですからおそらく、ここは「死刑判決」と「公開処刑」との対応が意識して描かれている場面ではないかと思うのです。

この高橋もマリも郭冬莉も「深い感情」と「情愛みたいなもの」をもっている人なので、マリと高橋も友だちになってもいい人ではないかと思います。

さて、ちょっと脇道にそれますが、この高橋という人物は『アフターダーク』の後に書かれた長編『1Q84』の男主人公・天吾と少し重なる部分があると思っているので、その点を少しだけ紹介したいと思います。

まず高橋は、天吾と同様に「高円寺」に一人で住んでいます。それも青梅街道に近い、JRでいえば、高円寺駅の南口に住んでいるのではないかと思います。高橋は東京地裁で死刑判決を聴いた後は「霞ヶ関の駅から地下鉄に乗ってうちに帰って」きたと書かれているのですが、これは地下鉄・丸ノ内線に霞ヶ関駅から乗車して、新宿を経由し、東高円寺駅か、または新高円寺駅で降りて帰宅したということだと思います。

以前にも紹介しましたが、丸ノ内線は新宿駅―荻窪駅間は青梅街道の地下を走っているので、高橋の利用駅が東高円寺駅にしろ、新高円寺駅にしろ、おそらく彼は青梅街道沿いの「高円寺」に住んでいるのでしょう。また高橋が死刑判決を傍聴した事件があったのは「立川」でのことでした。そしてJR立川駅は「青梅線」の始発駅です。

さらに高橋はマリと並んで夜明け前の街を歩きながら（時間は午前五時三十八分のようで

すが）「一度こんなふうに徹夜練習あけで、うちに帰るつもりで新宿から中央線に乗って、目が覚めたら山梨県だったな。山の中だよ」という話をしています。

新宿を起点に、高円寺、青梅、二俣尾、大菩薩峠を通って、甲州街道と合流して、山梨県甲府に至る道が青梅街道です。「新宿から中央線に乗って、目が覚めたら山梨県」というのは、青梅街道について触れて語っている言葉なのではないかと私は妄想しております。もちろん甲州街道も東京から山梨県甲府に至る表の街道ですが、その起点は日本橋です。

つまり『アフターダーク』には作中に青梅街道と関係した土地が点在していて、次の長編『1Q84』との繋がりをそのように持っているのではないかと、私は考えています。

愛の力で世界を再構築する

さてさて、泣く村上春樹に戻りましょう。

その『アフターダーク』に続く大長編『1Q84』の主人公たちの涙はどうでしょうか。この小説では主人公の一人である青豆は女性の殺し屋ですし、ハードボイルドタッチで書かれていますから、主人公が泣いているイメージがあまりないかもしれません。

でも、その青豆も自分の遊び仲間である「あゆみ」という婦人警官が死ぬと泣きます。「顔を両手で覆い、声を出さずに肩を細かく震わせて静かに泣い」ているのです。しかしその姿について「自分が泣いていることを、世界中の誰にも気取られたくないという様子で」と書いてあるので、ハードボイルド小説の主人公のような泣き方とも言えます。

そして、この大長編の最後には次のようなことが記されています。『1Q84』BOOK3の最後で、青豆は愛し探し続けていた天吾と再会。二人は初めて結ばれるのですが、そのとき、

青豆は泣く。ずっとこらえていた涙が両方の目からこぼれる。彼女はそれを止めることができない。大粒の涙が、雨降りのような音を立ててシーツの上に落ちる。

とあります。やはりここでも「物語の最後に泣く村上春樹」は維持されています。もう一人の主人公である天吾は、この場面で泣いていません。青豆と天吾。その二人の主人公のうち、どちらか一方をあえて選ぶとしたら、大粒の涙で泣く青豆のほうが『1Q84』の主人公なのかもしれない、そんなふうにも思えます。

でも、天吾も次のようなことを考えている人物として描かれています。それは『1Q84』BOOK2の終盤。病院で昏睡している父親に語りかける場面です。

「僕にとってもっと切実な問題は、これまで誰かを真剣に愛せなかったということだと思う。生まれてこの方、僕は無条件で人を好きになったことがないんだ。この相手になら自分を投げ出してもいいという気持ちになったことがない。ただの一度も」

つまり『1Q84』BOOK3のラストの青豆の「大粒の涙」と、BOOK2の終盤の天吾の「切実な問題」の自覚とが対応しているのです。『アフターダーク』のマリも頬の涙を拭いながら「ひどく唐突な感情だ。でも切実な感情だ」と思います。

この切実な感情を通して、いま自分にとって、どんなことが切実な問題か、それがほんとうにわかれば、そこから世界はまだつくり直せるはずです。そんなふうにして書かれているのが、村上春樹の小説だと私は思います。

『アフターダーク』のラブホテル「アルファヴィル」は「情愛とアイロニーを必要としないセックス」の場所でした。天吾が自覚した切実な問題は「これまで誰かを真剣に愛せなかったということ」です。

でも『1Q84』の青豆は、殺害のためにリーダーと対決した時、「私には愛があります」と告げています。つまり青豆は「私という存在の中心にあるのは愛だ」と自覚している人間なのです。「青豆」は「グリーンピース」のことですが、その「green peas」の「pea」は「愛」

の象徴です。そんな意味も込められた名前かもしれませんね。

『1Q84』は「私という存在の中心にあるのは愛だ」と自覚している、その青豆が求め続けていた天吾と再会し、初めて結ばれて泣く小説です。「ずっとこらえていた涙が両方の目からこぼれる。彼女はそれを止めることができない。大粒の涙が、雨降りのような音を立ててシーツの上に落ちる」という物語になっているのです。

村上春樹は、いま、その愛の力で、世界を再構築しようとしているのだと思います。

この秋（二〇一二年九月）、文庫版の『夢を見るために毎朝僕は目覚めるのです』が刊行されました。その本には、湯川豊さんと一緒に私がインタビュアーになった『海辺のカフカ』についてのインタビューも収録されているのですが、この文庫版の最後に、カタルーニャ国際賞授賞式の翌日の二〇一一年六月十日に受けたバルセロナの通信社のインタビューが収録されています。そこで村上春樹は「愛」について語っています。この章の最後に、いやこの本の最後に、その「愛」について語る村上春樹を紹介しましょう。

「今世紀の世界の未来について」質問する若い女性インタビュアーに対して、村上春樹は、世界にはあまりに多くの問題があるので、物語を書くことから離れると楽観的にはなれないが、でも「小説家としては楽観的です。どういうわけか僕は、良い物語を読んだり書いたりすることで、世界を変えられると信じているのです」と語っています。

インタビュアーは、続いてこう質問しました。

——次の物語の主人公はどのような人物でしょうか。彼、または彼女は、楽観的な人物でしょうか。とりわけ、それが津波を扱う作品になるとしたら。

それに対して村上は、こう答えています。

僕はとても暗い物語を書くことがあります。とても血なまぐさくて残忍な物語です。でも僕の登場人物たちに共通しているのは、愛を信じているということです。すごくシンプルなことですが。彼らは愛を信じています。彼らはどこかで、愛が問題を解決すると信じているのです。そういうところは楽観的ですよね。あなたは愛を信じていなくちゃならない。それは良い物語のコアにあるものです。やっぱり照れますね。こういうことを言うのは（笑）。

インタビューの最後には、理想を目指すことに触れて、

日本の原子力発電所の問題は、理想主義の欠如の問題です。これからの十年は、再び理想主義の

十年となるべきだと僕は思います。僕たちは新しい価値体系を築きあげる必要があります。（……）僕はこれからも、とても暗く、奇妙で、残酷で、ある時には血なまぐさい物語を書いていくと思います。僕は理想主義的で楽観的で、愛を信じてはいますが。

と、最後の最後は再び「愛」に触れ、語り終えています。

涙は、その愛の力による世界の再構築のための出発点です。人は泣くことで、自分の切実な感情のほんとうのありどころを知って、ハッとします。そして切実な問題に気づくのです。村上春樹作品で、登場人物が泣いていたら、涙を流していたら、ちょっと立ち止まって、その問題を少し考えてみるのも悪くないと思います。そうやって、村上春樹の物語を読むことで、その作品の味わいの何かが変わってくるかもしれません。

舵の曲ったボート——あとがきにかえて

『1Q84』BOOK2の最後のほうに、女主人公の青豆が「1Q84」年の世界から脱出するため、スーツを着てハイヒールを履き、鏡の前に立つと、『華麗なる賭け』のフェイ・ダナウェイみたいに見えないだろうかと自分で思う場面があります。『華麗なる賭け』はフェイ・ダナウェイと、いまは亡きスティーブ・マックイーンが主演した映画ですが、これは村上春樹が学生時代に公開された作品です。私も村上春樹と同年生まれですので、とてもなつかしい思いがしましたし、なるほど、青豆のイメージはフェイ・ダナウェイなのかと納得しました。

村上春樹は大学の卒論で『イージー・ライダー』を論じたぐらいの人ですから、小説の中にたくさん映画のことが出てきます。本書でもジャン＝リュック・ゴダールの映画と村上作品の関係を論じました。『世界の終りとハードボイルド・ワンダーランド』には「『イージー・ライダー』なんて三回も観《み》た」とも書かれています。

それに続いて「しかしそれでも私は舵《かじ》の曲ったボートみたいに必ず同じ場所に戻ってきてしまうのだ。それは私自身だ。私自身はどこにも行かない。私自身はそこにいて、いつも私が戻《もど》ってくるのを待っているのだ」と村上春樹は記しています。

私はこのような村上春樹独特の思考方法に惹かれて彼の小説を読んできました。あらゆる問題がぐるっと回って、自分の問題として考えられるのです。これを「村上春樹のブーメラン的思考」と呼んで、この本の中でも紹介しています。

私たちの学生時代にはヴェトナム戦争に反対する運動が盛んでした。多くの人たちがヴェトナム戦争に反対でしたし、私もその一人でした。でも一方で、ヴェトナム戦争によって日本の経済が潤っているのは事実で、それを享受しているのも我々でした。つまりヴェトナム戦争に反対を言うだけでは、何か重要なものが不足しているのです。問題はぐるっと回って、自分の問題として戻ってくるのです。同時に二つの問題を考えなくては、ほんとうにヴェトナム戦争に反対していることにはならない……そんな複雑な時代の中に生きていました。この複雑な時代は世紀を超えて、現代まで続いていると思います。

あらゆる問題を、対象に対する問題として捉えるだけでなく、その問題を自分の問題として捉え直して、常に二重に考えを進めていくこと。そういうブーメラン的思考を深く抱いて登場してきたのが、村上春樹という作家です。私はそう考えています。

そんな村上作品の特徴と魅力を紹介する、この『空想読解　なるほど、村上春樹』は、全国の新聞社と共同通信のニュースサイト「47NEWS」に連載した「村上春樹を読む」を基に、加筆し、再編集したものです。

連載のきっかけとなったのは、私と同年で（つまり村上春樹とも同い年ですが）共同通信の文化部時代に二人で文芸担当をしたこともある小松美知雄君から、インターネット配信のコラムを書かないかと声をかけてもらったことです。

それは東日本大震災が起きた直後で、私は過去に起きた大災害から日本人がどのように立ち直ってきたのかについて、文学を通して考えてみたいと思い、東日本大震災の被災地はもちろん、日本各地を取材しながら「大変を生きる―災害と文学」という週一回の連載を始めたばかりで、非常に多忙な時でした。

村上春樹については、かつて「風の歌　村上春樹の物語世界」という新聞連載を一年間続けたこともありますし、『村上春樹を読みつくす』という本まで書いていましたが、しばらくすると、まだ自分の中に村上春樹の作品について書いてみたい点がたくさん残っていることに気づいたのです。そしてネットでの連載を書き始めたら、次々に村上作品への思いがあふれ出てきて、自身でも驚いております。

村上春樹が闘っているのは「効率社会」です。それを中心テーマの一つにして、前著『村上春樹を読みつくす』を書きました。そして本書の連載を始めた直後に、カタルーニャ国際賞を受けた村上春樹が受賞スピーチで、日本の「効率社会」の問題に触れて話しました。私の記したことが村上春樹の考えからそれほど離れたものではなかったことを知り、このことも連載を続けていく力となりました。

そうやって出来た本書は、ネット上に書いたものが基礎となっているので、全体的にわかりやすく、語りかけるような文章となったことが、何よりよかったと思っています。でもそれだけではなく、誰も指摘していない村上作品の特徴もたくさん書いたつもりです。あとは読者の判断に従いたいと思います。

多くの人にお礼を申し上げなくてはなりませんが、何より「村上春樹を読む」連載の機会を与えてくれた小松君に深く感謝いたします。いつも予定の何倍も長くなってしまう原稿を綿密に読み、アドバイスもしてくれました。出版センターの浦野正明さんには本書の出版を即断していただきました。また村上春樹をはじめ日本文学にも詳しい、担当編集者の大谷幸恵さんの的確な読みと熱心な編集がなければ、本書がこのような形で出来上がることはなかったと思います。ありがとうございました。

素敵な装丁をしてくれた田中久子さん、装画を描いてくださった山﨑杉夫さんにも感謝します。いつか田中さんの装丁で自分の本を出したいと思い、これまで浦野さんとも話をしてきました。それが実現できたことをうれしく思います。

本書に書いた内容は、私の年来の考えですが、各回のテーマは家族や友人、同僚たちとの雑談の中から生まれてきたものです。村上作品がほんとうに広く読まれていることを、つくづく実感しました。私の話し相手になってくれた人たちにもお礼を申し上げます。最後に、「村上春樹を読む」のネット連載を読んでくださり、多くの感想を寄せてくれた方々への深い感謝の念を記しておきたいと思います。

小山鉄郎（こやま・てつろう）

1949年群馬県生まれ。一橋大学卒。73年共同通信社入社。川崎、横浜支局、社会部を経て84年から文化部で文芸欄、生活欄などを担当。この時期より、精力的に作家活動を広げていった村上春樹に繰り返し取材する機会を得る。

2008年3月より1年間、全国の新聞社に「風の歌　村上春樹の物語世界」を配信。現在、同社編集委員兼論説委員。

著書に『村上春樹を読みつくす』（講談社現代新書）、『文学者追跡』（文藝春秋）、『白川静さんに学ぶ　漢字は楽しい』『白川静さんに学ぶ　漢字は怖い』（共同通信社、文庫版は新潮社）、『白川静文字学入門　なるほど漢字物語』（共同通信社）など。

空想読解《くうそうどっかい》　なるほど、村上春樹《むらかみはるき》

発行日　2012年11月27日　第1刷発行

著　者　小山鉄郎 ©Koyama Tetsuro, 2012, Printed in Japan
発行人　小林秀一
発行所　株式会社 共同通信社(K.K. Kyodo News)
〒105-7208 東京都港区東新橋1-7-1 汐留メディアタワー
電話 03(6252)6021
印刷所　大日本印刷株式会社

ISBN978-4-7641-0655-0　C0095　※定価はカバーに表示してあります。